我周围的世界

WOZHOUWEI
DESHIJIE

王业芬 著

中国书籍出版社

图书在版编目（CIP）数据

我周围的世界 / 王业芬著 .—北京 : 中国书籍出版社，2020.4

ISBN 978-7-5068-7732-9

Ⅰ.①我… Ⅱ.①王… Ⅲ.①散文集—中国—当代 Ⅳ.① I267

中国版本图书馆 CIP 数据核字（2019）第 291579 号

我周围的世界

王业芬　著

图书策划	成晓春　崔付建
责任编辑	尹　浩
责任印制	孙马飞　马　芝
出版发行	中国书籍出版社
地　　址	北京市丰台区三路居路 97 号（邮编：100073）
电　　话	（010）52257143（总编室）（010）52257140（发行部）
电子邮箱	eo@chinabp.com.cn
经　　销	全国新华书店
印　　刷	三河市华东印刷有限公司
开　　本	650 毫米 ×940 毫米　1/16
字　　数	153 千字
印　　张	12.25
版　　次	2020 年 4 月第 1 版　2020 年 4 月第 1 次印刷
书　　号	ISBN 978-7-5068-7732-9
定　　价	48.00 元

版权所有　翻印必究

江淮分水岭的写作

赵宏兴

时值新春，城里人又拥去江淮分水岭上的乡村了。乡村的桃红柳绿，油菜花黄，还有明镜似的水塘，每到这个季节，都显示着诗意。他们在这里走走停停，寻觅的不过是一种休闲，看到的，只不过是一个物的世界。而对于一位生于斯，长于斯的作家来说，乡下就是内心里的另一个世界，一个看不见的精神世界。这个世界一被唤醒，就会在血脉里流淌。那些物的世界逝去了，但在心灵里复活。那些岁月老去了，但在文字里永远年轻。

看王业芬的散文，觉得十分的亲切。这来源于我们的故乡都坐落在江淮分水岭上，地貌特征又惊人的相同，都有一条大河，两地的风土人情也是一样的。她热爱这里，歌咏这里。她的故乡马湖"当年的穷乡僻壤，现在成了美丽乡村，美好家园。乡亲们的日子也越来越好！父亲和母亲，喜从中来，我们都跟着高兴，都为自己是个马湖人而深感幸福和自豪！"

江淮分水岭横跨肥东北部，是一条垄脊形的土地，这里土地贫瘠，但人们坚韧勇敢善良，世世代代在这里生活。苦难像泥泞一样黏附在这片土地上，苦难同时又诞生着宏大，给许多作家提供了人性的观照。写苦难，是这本散文集的一大特色，因为是来自王业芬的亲身经历而显得十分真实。如"尽管父母这么苦熬苦累，可日子还是过得捉襟见肘。为了摆脱困境，20世纪90年代初，父母毅然决定和赖以生存的土地依依作别，来到陌生的县城打拼。一间矮小的出租屋，是落脚之地；一只烧饼炉，是谋生之器。"这是如此的刻骨，令人揪心。在写炸坝子逃水荒时，半夜随着大人逃到堂舅家，却被堂舅家的一本书吸引，"许是惊吓过度的缘故，我也毫无睡意，无聊地四处张望。忽然，靠墙根的地方，一本书跃入我的眼帘，页面暗黄，没有封面，也无书名。管它呢，有一本课外书就足够了！于是迫不及待地捧到手上，兴奋地翻阅起来。故事很精彩，我被深深地吸引了……后来，我才知道那是金庸大师的武侠名著《飞狐外传》。"这苦难却多了一层乐观。

她还写出了一组江淮分水岭上的典型人物：瞎眼太婆、祖父、祖母、父亲、母亲、公公、丈夫等，这些人物善良、朴素、勤劳、坚韧，他们支撑着这片土地上的精神。如初三时，自己的一个女同学要辍学了，祖母连夜赶到同学家，苦口婆心地劝说同学的妈妈。"祖母从衣兜里摸出一个手帕，一层一层地打开，里面是20元、10元、5元，一沓一沓的，整整齐齐码着，总共500元！这钱可是祖母一锅菜一锅菜地炒，一勺菜一勺菜地舀，才挣来的。每一分钱都凝结着她老人家的汗水。同学的母亲彻底被感动了，颤抖着握紧祖母的手，一再答应，让女儿继续上学。"祖母的善良也是这片土地的营养，在这片苦难的土地上诞生过多少这样的祖母。

王业芬是大学历史系毕业的，江淮分水岭上，有着许多历史人物和传说，如曹植、朱元璋、吴复、李鸿章等。她写起历史，信手拈来，既清晰地写出了历史的真相，又有自己的发现，这一点没有经过专业的训练是达不到的。不像有的"大文化"散文，空洞而陈旧，也不像有的人写起历史来，絮絮叨叨没有眉目。

在这里还要说一说肥东的创作。这些年，肥东的创作呈现蓬勃的态势，涌现了许多优秀的作家，这是可喜的。通过对他们作品的阅读，我觉得肥东的作家们，都在自觉或不自觉地以江淮分水岭为创作资源，构成了肥东文学创作的显著特色，或者说形成了"分水岭"地域文学的创作现象。比如，许泽夫"牛"的创作，张道发"东岗村"的创作，蔡兴乐"分水岭"的创作，刘永祥的"打工"小说创作、王光中的"亲情"创作等，他们的词语都明确的指向"分水岭"，文字里流淌的都是"分水岭"上的风土人情，即使自己的内心世界也是"分水岭"的水土滋养出来的世界。现在，又有王业芬的散文加入进来，这可能是肥东作家里唯一一位女性作家的专著，是一枝独秀，具有更加重要的意义。

作家的写作首先要尊重自己的内心世界，王业芬的文字与内心是相通的，这一点很可贵。现在，许多人的写作已和内心世界是阻隔的了，让人一看就是虚假的。显然，王业芬的文字已创造了她的"我周围的世界"，一个人在拥有的物的世界之外，又能拥有一座精神的世界，这是多么幸福的事啊，这也正是一位作家存在的意义。

2018年3月8日于合肥

（赵宏兴，著名作家，中国作协会员，清明杂志社执行主编）

目录

第一辑　故土难离

家乡的流沙河 / 002

故乡的白果树 / 006

老渡口 / 009

大牯牛 / 012

乡间童年 / 016

照亮生命的月色 / 022

家乡的桃 / 026

村庄暮年 / 029

做个幸福的马湖人 / 033

二十六年后的遇见 / 036

小城春雪 / 041

第二辑　亲情难舍

玉米糊的醇香 / 046

雪中送祖父 / 049
思念祖母 / 052
一世行善 / 055
父亲的快乐 / 059
母爱的震撼 / 061
妈妈叫我"宝贝" / 064
你是我的耳朵 / 068
没有玫瑰的情人节 / 072
秋凉了 / 075
身为母亲 / 078
儿子的担忧 / 081
不做"虎妈" / 084
家有小儿初长成 / 087
难忘大馍香 / 090
家有财富莫若此 / 093

第三辑　脚步难却

那块瓦片 / 100
想起梦中的草堂 / 102
再访龙泉古寺 / 105
拜谒吴复墓 / 108

行走在八斗岭上 / 111
美哉，小岘山 / 114
古镇春意浓 / 117
牛角上的天堂 / 120
雨中走凤阳 / 123
游黄果树瀑布 / 128

第四辑　点滴难忘

有感"附庸风雅" / 132
郑灵公的悲哀 / 135
观三打白骨精遐思 / 138
路遇盲人 / 141
红灯·绿灯 / 143
"斑马线"现象小感 / 145
感动似泉 / 147
惰　性 / 150
一块生肉 / 153
农妇的期待 / 156
谁在拍我的肩 / 158
小　黑 / 161
窗外又见玉兰花 / 164

夜市卖书人 / 166
小龟的葬礼 / 169
万　老 / 172
发哥发嫂 / 176

后　记 / 180

第一辑
故土难离

家乡的流沙河

离开家乡已经很久了，那条魂牵梦绕的流沙河是否拥有昔日的清澈与宁静？是否鹅鸭嬉戏、水鸟隐现、鱼虾逍遥……

流沙河又叫河湾，这是当地人亲切而又习惯的叫法，意即曲折而悠长的河道。而我更喜欢叫她流沙河，说不出什么原因，或许是因为那一眼见底的河水里板结而干净的沙土吧。村里没有人知道这条河多少年了，只知道有村子之前她就已经存在了。小时候大人怕我们溺水，总是用极其夸张的神情说河里有水怪，有吃人的水獭猫。于是幼小的心灵里对流沙河充满了敬畏与渴望。那几分神秘，让我们时常在雨后看到河里远远漂浮的树枝或水草，就以为是水獭猫。往往是慌不择路地狂奔到家告知大人，大人们听后则相视一笑，便不再追问。每当这时，我总是盼着长大，希望能像大人那样泰然地面对水獭猫。

由于临河而生，村里的老老少少几乎没有不会游泳的，小到六七岁的孩子，大到七八十岁的老人，个个都是顶尖高手。说来好笑，我学会游泳竟是被逼的。大概六岁的时候，姐姐带我到河里洗澡。她的几个朋友听说我不会游泳，故意把我拖到深水区撂下不管，我在水里扑腾着喝了好几口水，她们才把我拖回岸边。我惊魂未定地喘着粗气，自尊心受到极大挫伤，暗暗发誓一定要学会游泳。于是，趴在水边的一块巨石上，放开双腿在水里扑打，练了几个晚上，一撒手竟然会游了！我开心地扎猛儿来到深水区，在人堆里悠来晃去，惬意得如同自由的鱼儿。

有句俗话：淹死的都是会水的，所以大人们总是把孩子看得很紧。可是进入夏季，流沙河的魅力实在太大了。夏日的午后，屋外骄阳似火，屋内酷热难耐。一心向着流沙河的孩童们，心里似乎揣着烦躁的知了，无法入睡。待大人困顿地睡去，我们这些调皮的孩子就悄悄爬起，和几个小伙伴一溜烟冲到河边，从河岸上一个个纵身跃入水中。虽没有高台跳水的艺术含量和技术水准，但勇气着实可嘉。我们在水里或仰游、或蛙蹬、或扎猛子，玩得极尽性情，全然忘了水怪的事。但不久便忽地想起大人的千叮万嘱来，赶紧爬上岸，站在太阳底下烤晒，待到衣服五六成干，就匆忙跑回家，蹑手蹑脚地卧倒在凉榻上，假意睡去……然而并非每次都这么好运气，有时精明的大人会追到河边把我们逮个正着，那时，自然免不了一顿责骂甚至拷打。即便如此，孩子们仍无法抵御流沙河的诱惑，总是"屡教不改"！

其实，不只是孩子，对大人来说，流沙河也是极具诱惑力的。夏日的晚上，晒了一天的河水，温度正好适宜洗澡。沙质土层的河滩便成了天然大浴场，全村的男女老少成群结队地来到浅滩，尽情荡涤一天的辛劳。在我们村流沙河有东、西两块天然河滩：西河滩是姑娘和小媳妇们的浴场，偶尔也有老妇人来凑热闹；东河滩则是老少爷们和孩童们的天地。这是约定俗成的，从没有人刻意安排过。

流沙河因为水质清澈而吸引人。在河边一眼就能看到伏在水底沙地上的小鱼，可当你伸手去捉时，却早已不见了踪影。在淘米、洗菜时，不经意地就能捕获馋嘴的白鲦。将米、菜篮子潜入水中稍时不动，一会儿便有成群的白鲦游来，啄食米糠和菜屑。此时，乘机将篮子悄悄提起，白亮亮的肉鲦在篮子里跳跃，银光闪闪的，让捕获它们的少年们忍不住欢呼。

河蚌也是少年们喜欢的捕捉对象，大都是沿着河边的浅滩一路捡拾。懒散的河蚌在温热的河水里沐浴够了，就把头潜进潮湿的沙土里，漫无目的地画着弧线，那线条恰恰成了孩童寻到它们的标记。记忆中，河蚌的肉红烧或是做面糊都是极好的美味。

流沙河里，产河蚌更盛产鱼虾。20世纪80年代，时常有小木船漂在河里，那是村民们闲暇时捕鱼到集市上卖以接济生活。有时还有外来的专业捕鱼人赶着一群鸬鹚，在大沙河里悠然地漂流，引得孩子们嬉笑着追逐围观。河水清清，一只只小木船游弋其中，像一幅闲逸清俊的水墨图，令人心驰神往。

然而，这美好的画面却被吸沙船的隆隆声无情地撕碎了。20世纪90年代，不少村民突然发现了这条河更为直接的经济价值，那就是深藏于河底的丰富的沙子。这一发现打破了流沙河的宁静。随着城镇楼房的不断长高，乡村小洋楼的日益翻新，沙子的供求量越来越大。黄澄澄的沙子在村民的眼里，简直就是黄澄澄的金子！有头脑和经济能力的村民争先恐后地买回吸沙船。随着黄沙股股流出，村民的腰包越来越鼓，流沙河的水越来越浑；随着黄沙股股流出，河底的沙子越来越少，河岸的沙土越变越薄，渐渐出现了大面积塌方，河边的植物纷纷坠身于滋养它们的河水中。曾经绿树成荫、碧草葱郁的堤岸，终禁不起吸沙船的尖牙利齿，已变得满目疮痍。而漂着油污的河水里，水鸟的身影日渐稀少，就连水獭猫也被搅得没有了存身之处……

我心痛了，那曾经的清清河水，绿绿河岸便如此在吸沙船隆隆的机声中一去不复返了！带着心痛，我走进县城读高中。毕业之后，我一直没有回去过，没有近距离地再看一眼流沙河——或许是不忍心看吧！后来老家的人说吸不到沙了，村里的吸沙船都已卖掉。可是流沙河的水又清了吗？她的身体和灵魂回归宁静了吗？依然有孩童在河边戏耍吗？依然鱼虾成群，水鸟隐现吗……梦里，我常听到肯定的答案，然而醒来还是觉得心里空落落的。

　　哦，家乡的流沙河，梦中的流沙河，留下无限美好时光的流沙河啊，我该回去看看你了！

（写于2005年春）

故乡的白果树

我的故乡在肥东的东北部,岱山湖的下游,是个土肥水美、风景秀丽的村庄。一条清亮的大沙河由西向东绕村而过,长年奔流不息,年复一年滋养着我的父老乡亲。

这个美丽的村庄叫王湖,从名字就可以看出这儿水资源尤为丰富。村庄三面环水,一面平陆,是个旱涝保收,人畜两旺的风水宝地。据说这些都得益于村西头那棵古老的白果树(银杏树)。老人们说她是村庄的风水树,她越是繁茂,村庄就越是平安富饶。村里最年长的老者也说不上来这棵树的真实年龄,根据推算大概有400多年了吧。树高三四十米,树干需要两个大人合抱才能勉强围住。历经数百年岁月变迁和风吹雨打,白果树依然生机勃勃、苍劲挺拔,如同一位忠诚而神勇的守护神屹立在村头,默默守护着村庄的安宁祥和,护佑着村民的幸福安康。

村里流传着许多关于白果树的传说。给这棵古老的大树蒙上了层层神秘的面纱。这棵树是谁种的?村里没人能说清楚。有一种说法是一位神仙从我们村经过,觉得这个地方很美,在此歇脚,走的时候丢下一粒白果树的种子。因为土地肥沃，种子很快生根发芽，逐渐长成大树。自从有了这棵树，咱们村便风调雨顺、人寿年丰。因而，这棵树被称为"神树""风水树"。因沾了白果树的仙气，当年居住在白果树旁的两个家族，先后发达起来，人丁兴旺，家业蒸蒸日上，种地地生金，经商银自来，读书才辈出。1949年后，村庄的第一位大学生（20世纪50年代初）、第一位女大学生（20世纪70年代初）、第一位出国留学的研究生（20世纪90年代初）都出在村西头。

村庄里的其他人家也不甘示弱，纷纷在孩子读书的事情上较着劲儿。于是村里出现了许多考上学校，"吃国家粮"的人，还出了当地唯一的一位博士。老人们都说，是这棵风水树保佑咱村的后生们发奋读书、学有所成。说来也怪，方圆数十里，也就咱村有白果树，而且是最高、最显眼的，距我们村庄数里之外，一眼就能瞧见绿茵茵的树头。

大概因为太显眼了，白果树曾遭过一次大灾难。那是一百多年前，算来该是清朝末年，传说一只蜘蛛精相中了这棵树，藏身其中，搅得树不得安宁，村里也怪事连连。村民们请灶王爷上天奏报此事，玉皇大帝派雷公捉拿蜘蛛精。在一个夏日的午后，村庄的上空突然乌云密布，似一口黑色的大锅倒扣下来，越扣越紧，越扣越黑。就在人们快要窒息的时候，突然一条火龙从空中喷射而出，火光直奔白果树而去，只听得"咔嚓"一声巨响，白果树被竖直劈成两半。紧接着，大雨倾盆而下。只见一只浑身赤色的巨型蜘蛛从断裂的树中仓皇逃出，消失在茫茫的雨海中，一股鲜血顺着树干断裂处奔涌而下。有人说那是蜘蛛精的血，有人说那是白果树的泪。

白果树断了，全村人的心都在滴血。村庄的老老少少都以为白果树被劈死了，在诚惶诚恐中等待着更大灾难的到来。然而，顽强的白果树剩下的一半却悄悄地萌发出了新枝，让焦虑、惶恐的人们看到了劫后重生的希望。白果树将根深深地扎在村庄的底层，拼命吮吸着大地母亲的乳汁。几年之后，她竟越发枝繁叶茂起来，秋后还挂满了丰硕的果子。这令全村的人欢欣鼓舞！这棵逢凶化吉的风水树，向人们展示了她顽强而旺盛的生命力，也给全村人注入了新的生活希望，埋下了新的向往幸福的种子。

村庄依旧宁静、祥和。顽皮的孩童们已然忘却了白果树曾经的伤痛，快乐地攀爬上她的新枝，抓鸟蛋、摘果子，把大口袋、小荷包装了个满满当当。就在白果树恢复元气后不久，幸运之神将手从村西头伸展到了村东头。居住在村东头的另一个家族逐渐发达起来，兄弟五人联手创业，终有所成，形成了集农工商贸于一身的家族产业，这一盛况一直延续到"土改"时期。村里人都说，白果树老树发新枝是个好兆头，福泽全村呢。

白果树被劈开之后，根部留下了一个又大又深的黑洞。有人看见洞里住着一条大蛇，通体银白，经常在夜间爬上树，吃鸟雀和鸟蛋。虽传得活灵活现，但我在村庄生活了十几年，从未见过人们所说的白蛇。不过，潜意识里，我认为它是存在的，还时常把它想象成《白蛇传》里的白娘子，甚至傻傻地认为那满树的白果也与这白蛇有关。于是，我更加觉得白果树神秘莫测了，只是远远地看她，从不敢靠近。

而今，离开村庄已经20年了。随着年龄的增长，我越来越惦念那棵古老的白果树，强烈地渴望走近她，仔细瞅瞅她的模样，以及那满树可爱的白果。

今春，不知故乡的白果树又添了几根新枝？

（写于2012年春）

老渡口

一座美丽精巧的钢筋水泥桥横跨在清澈的河面上，自此天堑变通途。这条河就是我家乡长年奔流不息的流沙河。走在宽平的桥上，摸着坚固的桥栏，也许你根本不会想到这儿曾有个百年老渡口。桥是东西走向的，渡口就在桥的南侧。

老渡口究竟有多"老"，我不曾探究过，只知道，我小时候，爸爸小时候，还有爷爷小时候，都从这儿渡过河。四年级时，我从村小转到沙河小学，学校在河对面，老渡口就成了必经之路。那会儿渡口有专人负责，人们称之为"拉盆的"。因为当时老渡口的当家"宝贝"就是一只圆圆的大木盆。在河面上方大约一米处，横着一条绳索，两头分别固定在河两岸。摆渡时，"拉盆的"站在盆里，双手紧握着绳索，用力朝前进的方向拉，盆就会借势往前走。"拉盆的"由当地村民兼职，一般两个人，农闲时轮班，农忙不当班。河东岸高处有两间茅草屋，供"拉盆的"值班时生活起居用，即便是半夜三更，只要有人过河，他们一定会毫不含糊地起来摆渡。一年辛苦到头，秋后颗粒归仓，也是各家报答"拉盆的"的时候了。一般情况下，都是他们挑着担子到各家收取份子粮，叫作"打秋风"。

老渡口的木盆很有些年头了，盆身黝黑，盆沿磨得溜光锃亮。大木盆里一次最多能摆渡五六个人，但为了保证安全，一般也就三两个人一趟。木盆深约40厘米，坐上人后，由于重力的作用，盆身会沉下大半。人稍多些，水面就紧贴着盆沿。若是夏天，将手搭在盆沿外边，任水浪从指缝间穿梭而过，那种感觉有说不出的惬意。当然，望着白茫茫的水面，心里偶尔也会掠过一丝担忧：怕水漫到盆里，沉下去。每每这个时候，一到对岸，我就迫不及待地跳下盆。刚开始乘坐木盆，这方面的担忧总是免不了的。后来渡河的次数多了，也就渐渐地适应，甚至还出现过"壮举"。有一次，刮着风、下着雨，我们要过河，"拉盆的"又有事不在。眼看就要迟到了，怎么办？我左思右想，做出一个大胆的决定：我摆渡，带两个小点的学生过河！我死死拉住盆绳，让两个小同学先上，然后一个箭步跨进盆里，双手紧紧地握着上方的绳索，用脖子夹着雨伞，一截一截地拉动，一点一点地前进。那时我才11岁，个子矮，力气又小，摆渡的难度可想而知。快到河心时，忽地吹来一阵风，差点把伞刮飞。我一个趔趄，绳子从手中滑了出去。没有绳子，木盆就像只无头苍蝇在河里乱转，加之下雨，水流很急，还不知能漂到哪里。我吓出一身冷汗，一边命令两个小同学不要动，一边迅速甩出伞把，用伞柄的弯钩钩住了绳子。我不敢再打伞，冒雨摆渡到对岸。太险了！如果没有抓到绳子，木盆将被水流冲向下游，后果不堪设想！现在回想起来，我还颇为得意：那种危急情况下，居然能"力挽狂澜"！

据说，老渡口差点淹死人。那是在一个冬夜，人们看戏回来，渡河时发生拥挤，一个女人掉进了河里。月黑风高，不好营救，人被捞上来时，已昏迷不醒。大概就是因为这，我对老渡口总是心怀敬畏。参加工作后，我还梦到过老渡口，说自己渡河时掉河里了，游来游去，怎么也找不到船，怎么也看不到岸，被困在水里绝望地不知所向……

　　记得在我四年级下学期时，老渡口的木盆换成了一只铁船，安全系数高多了，我特别高兴！铁船比木盆大许多，船舱里能乘坐十个人左右，船舷很高，我们小孩子坐在里面，看不见水面，感觉就像在自家屋子里一样温暖、安全。可是这只铁船，我只享受几个月就转学了。后来"拉盆的"都老了，干不动了，也没人愿意接替。孩子们上学渡河就成了大难题，学生家长们只得轮流上阵摆渡。在县报当记者的时候，我曾和县电视台记者一起，对老渡口作过专门报道，希望能引起社会关注，架起一座安全桥，可是收效甚微。八年后，老家来人，欣喜地告知，流沙河上架桥了！是乡里筹钱架的！他们亲切地称这座桥为"连心桥"。

　　"连心桥"，多好的名字，多美的桥！它将和老渡口一起走进父老乡亲的记忆深处。

（写于2012年秋）

大牯牛

农村有句俗话:家有大牯牛,吃穿不用愁。在农业机械化还是美好愿望的年代,大牯牛就是农田里的好把式,农民家里的台柱子。

记得小时候,我家有头健壮的大牯牛。它从小就被骗过了,没有骚牯牛的暴躁与蛮横,性格温顺、吃苦耐劳、善解人意,堪称牯牛中之君子。

大牯牛的温顺,十分为我父母所欣赏,以至他们放心让我去放牧它。那时我大概八岁,竟也敢骑着它去放牧。虽然我十分矮小,但大牯牛很配合,只要我两只手往它的角上一抓,它就心领神会地低下头,脖子伸得老长,方便我轻松地翻上它的脖颈,爬到它的背上。坐在宽阔的牛背上,牵着牛绳,听着牛蹄敲击地面的声音,感受着牛背轻柔而有节奏地晃动,眼前绿野如织,脚下渠水淙淙,仿佛自己变成了一个婴儿,正躺在摇篮里,尽情地享受着大自然的润泽。

放牛也有一定的讲究,如果在大家都去的地方,牛只能啃点草皮子，所以我喜欢把牛拉到"牛迹罕至"，但草肥水美的地方。笔陡的塘埂下或田间小径都是放牛的好去处。这些地方草长得又多又嫩，只是牛走起来难度较大。田间的小径对牛的考验更大，不仅路窄，而且要抵御来自两边稻田的巨大诱惑。实在是难为它了。你想啊，碧绿的稻棵和草紧挨着，只能吃草，不能吃稻子，这多难！牛虽通人性，但毕竟是畜生，终究是经不住诱惑的，有时候吃着吃着，舌头就卷到稻棵上了。每当这个时候，大牤牛就会偷偷瞟我一眼，如果我假装没发现，它就会伺机再偷吃。如果我断喝一声，它就会乖许多。但时间一长，大牤牛胆子渐渐大起来了，呵斥已被它当成了"耳旁风"。在绿油油、粗壮壮的稻棵的强大吸引力下，大牤牛居然一而再再而三地挑战我的忍耐极限。我火了，收短牛绳，紧拉至身边，用手中的放牛棍左右开弓抽打它的嘴巴，嘴里还愤怒地吼着："我看你还偷吃！我看你还偷吃！"大牤牛左右摆动着头躲避，但我把绳子拉得太紧，它躲不了（其实大牤牛是能躲掉的，只是它很温顺，没有顶撞我）。就这样，一顿"杀威棒"之后，大牤牛果然学好了，不再偷吃稻棵。以后几天我都很有成就感地放松牛绳，远远地牵着，嘴里哼着爷爷教我的《小二郎》。可是好景不长，几天松日子一过，大牤牛又明知故犯了。那天早晨我正唱着歌，不经意地一回头，发现这家伙嘴里正嚼着一根稻棵，虽裹在草中间，却清晰可辨。而大牤牛居然很淡定，好似什么也没发生。我心中的怒火像生了翅膀，腾腾腾就冲上了头顶。我抡起棍子，不由分说就抽起了牛的耳刮子。忽然，我发现大牤牛的眼角有亮晶晶的东西滚出来。我愣住了，举棍子的手僵在了半空中。这个庞然大物竟然被我这个黄毛小丫头给打哭了！惊讶，难过，更是震撼！我暗下决心，从此不再打牛。后来，经过调查，我发现大牤牛被我冤枉了，它不是存心要偷吃，而是草长到稻棵里，吃草时不小心吃到了稻子。它虽不会说话，但也是有情感的。对此，我一直心怀愧疚，脑海时常浮现出大牻牛泪眼汪汪的样子。

我常常想，假如要是评比，这头大牻牛肯定是个勤劳、善良、懂事的"牛模范"。父亲非常喜欢这头牛，说它聪明又听话，犁田耙地，总是能根据指挥做得百分百标准，一次就成功，省时又省力。我家有一块四亩多的整田，每次犁地时，大牻牛都累得直喘粗气，但是不管怎么累，只要父亲吆喝一声，它就呼呼地往前走，真的是无须扬鞭自奋蹄！偌大的一块田，只用一天半时间就犁完了。父亲说要是一般的牛得两到三天才能干完呢！说话间，父亲的喜爱之情溢于言表。当然，我也很喜欢我家的大牻牛，因为它没有"牛脾气"，从来不对我发飙，而且知道呵护我这个小主人。记得有一次放牛时，雷电交加，暴雨将至。我害怕闪电，吓得一猫身子躲到了牛肚子底下。大牻牛似乎懂得我的心意，站在那儿一动也不动，牢牢地将我护在身子底下，直到暴雨过后，我从牛肚子底下钻出来，它才动弹一下。有句俗话叫"畜生比君子"。牛就是一个例证，它是人类的好朋友，它对人是如此的忠诚！

相比之下，人却实际得多。刚上初中那一年的寒假，我从县城回到家后，在屋里屋外转了几圈，也没有看到大牻牛的踪迹。于是追问父亲。半响，父亲近乎呢喃自语地说："干不动活儿啰，卖了。"我大吃一惊，随即是悲伤，继而是愤怒。"为什么卖它，它会被人杀掉的！"我带着哭腔吼道。一头干不动活的牛被人买去，除了宰杀卖肉，还能怎样？我不敢想象。

在我七八岁的时候，曾经目睹一头牛被宰杀的场景。一头枯槁的老牛瘫睡在地上，它无声地看着人们喧闹着，谈笑着，各得其所地忙着，磨刀的磨刀，拴绳的拴绳，端盆的端盆……除了我这个小小的看客，几乎没有人注意到老牛眼里汩汩而出的泪水。它一直流着泪，直到和血一起流干。这纵横的老泪是哀求，是无奈，还是对命运不公的申诉？直至现在，我也不能完全揣测清楚。此后，我特别害怕听到"杀牛"二字。回想着曾经的那一幕,我似乎已经能够预测到大牯牛即将面临的遭遇了。那天,我和父亲大吵了一架。极少抽烟的父亲,那天狠狠地吸着纸烟。母亲在一旁叹息道:"不卖不行啊,家里总得再买一头牛耕地吧!"

是啊,还得需要牛耕地的。我默念着这句话,躲进里屋偷偷地啜泣……

(写于2010年夏)

乡间童年

我的童年散落在乡间，那里有我赤脚奔跑过的草地，有我徒手攀爬过的山坡，有我敞怀拥抱过的河流，有我七彩斑斓的梦和无忧无虑的时光。童年就像一幅美丽的琥珀画，尘封在记忆最深处，时间愈久愈透明、清晰。

广袤的乡村总能让农家娃儿们找到自娱自乐的场所：在大树上寻找鸟窝，在小沟里捉鱼摸虾，在小河里潜水嬉闹，在小山上挖灶野炊……乡间无处不留下童年的足迹，无处不充满童年的欢乐！

抓鸟

童年时，天上飞行的鸟儿对我拥有巨大的吸引力，我十分渴望知道它们为什么会飞，也十分渴望走近它们的生活，了解它们的故事。于是，抓鸟就成了我童年时常干的一件事。见到水边树枝上小憩的翠鸟（它的学名我至今不甚了了，因为全身几乎都是翠绿色，我们都这样称呼它），就用长棍支起网兜去网它；听到树梢上小喜鹊叽叽喳喳，就会往上面扔石块，或是使劲摇晃树干，希望弄掉鹊巢，抓住小喜鹊。当然，这些多是有热情而无效果的徒劳运动，但是乡里娃儿却乐此不疲。

有一段时间，我的心思总放在院落里的大泡桐树上。那棵树足足有大人两抱粗，不能确切知道它的高度，但用"参天"两个字来形容，绝不为过。夏日来临，泡桐树枝叶繁茂，郁郁葱葱，就像一把大伞把整个院落都笼罩在荫凉里。我们一家都喜欢在树下乘凉。树上则是鸟的天堂，看不见鸟窝，却听得鸟叫。在树下纳凉时，一不小心就会"啪嗒"掉下几滴鸟粪，有时正好落在头顶。"中了大奖"的我很生气，决心把上面的鸟逮住。可是树冠很大，树叶又密，实在找不到鸟窝在哪。我就用拴秧草耙的大竹竿乱捣一通，树实在太高了，根本够不着树冠。只好徒手往上爬，希望能直接把它们抓住，可树太粗了，只爬了两三米，就从树上滑了下来。几番尝试，均以失败而告终。其实，鸟儿们很有一套反抓捕的本领。只有在无人时，它们才停落房前屋后找食，稍有风吹草动，立即展翅高飞；它们的窝一般做在高高的树杈上且结结实实，很难得手。唯有偷懒的麻雀随遇而安，常常把巢筑在墙缝里或是屋檐下。所以说抓鸟，其实就是抓麻雀。

一个偶然的机会，我发现老屋的屋檐下有麻雀飞进飞出。我断定那儿有个窝！兴奋之情，犹如哥伦布发现了新大陆。我三步并作两步飞奔过去，沿着窗台和墙上伸出来的踏步（便于人攀爬的一脚宽、半脚长的小洞），毫不费力就爬了上去。仔细一瞅，屋檐下的芦席破了一个小洞，洞口光溜溜的。我伸手往洞里掏，洞口什么也没有，手臂大约摸进去一半，摸到了软软的草垫，再往里摸才触到热乎乎软绵绵的东西，一把掏出来，原来是四只小麻雀。它们还没长毛，身体肉乎乎的，泛着淡红色，皮肤嫩得几乎透明。它们的眼睛都闭着，大概是还不会睁眼吧。或许是受到了惊吓，它们在我掌中无力地颤动着小脚和小翅膀，样子很可怜。因为太小了，我实在不忍心摆弄它们，也不知该如何喂养它们，于是悄悄地把它们放回了洞里——准确地说应该是窝里。这时候我才注意到对面的屋顶上有两只老麻雀紧张地盯着我，嘴里还叽叽喳喳地叫个不停，有一只还张着翅朝这边冲，冲到半途又折了回去。面对我这样的"庞然大物"，麻雀除了叽叽喳喳地表达焦虑、恐惧和愤怒，恐怕也别无他法。我又看了一眼老麻雀，悻悻地爬了下来。

其实我也不清楚自己要什么，要抓老麻雀玩吗？老雀子可精明着呢。要抓麻雀蛋吗？嗯，要是有颗麻雀蛋倒是可以拿到小伙伴面前炫耀炫耀。可是，没长毛的小乳雀我是不要的。几天后，我放晚学回到家，闲来无事，又打起屋檐下麻雀的主意。我很熟络地爬上去，手一伸进去就触到了一个毛茸茸的小球儿，抓出来一看，小麻雀长大了许多，全身一层淡褐色的绒毛，翅尖上还能看到几根颜色稍深的大羽。一见到光，小麻雀就扑腾着从我的手中跳到了地上。这时一直在旁边虎视眈眈的猫一个箭步冲过来，叼起小麻雀就跑。无论我怎么大声呵斥，小猫都不理会，一溜烟躲到了屋山头的乱石堆里。我急忙跳下来寻找，可不管我怎么呼唤，那只馋猫就是"缩头乌龟"死不露面。我气急败坏地跺着脚，很担心小麻雀的命运。我只想把这只可爱的小精灵，放到一个私密的空间，全心地呵护，慢慢地看它长大，待到会飞时，用长线系在它的脚上，然后到处展示，那时候小伙伴们艳羡的眼光一定会让我陶醉，那种感觉就是三天不吃饭也值！可是，那只可恶的小猫把这一切都破坏了。我恨恨地咬着牙回到屋檐下，准备再上去抓小麻雀。突然五六只成年麻雀朝我冲过来，在空中对着我激烈地"叽叽喳喳"叫，然后迅速飞走，转眼间又折回来冲我叫，这样反复多次。我愣住了，它们一定是在声讨我这个"恶魔"，向我讨要它们的孩子呢。我烦躁地拿起小土块扔过去，想把麻雀赶走，可它们很执着，没有丝毫放弃的意思。可能是被麻雀决绝的气势镇住了，后来我竟然傻站着，任凭麻雀声讨……

从此以后，我再也没有看到麻雀飞进屋檐下那个洞里。麻雀们一定是为了躲避我这个"瘟神"，举家迁徙了。抬头望着空落落的屋檐，我心里怅然若失。怅然并不仅仅因为我弄丢了小麻雀，更多的是因为失去了一个抓鸟的绝好机会。当然，这种情绪很快就淹没在童年欢乐的时光里。

大约二十年后，我长大了，做了妈妈，忽地又记起抓麻雀的事来，才真正体会到老麻雀当时的心情。每每再想起此事，我心里就有无限的自责。我不止一次祈求那个麻雀妈妈能够原谅我的冥顽无知。

钓虾

钓虾是乡间孩子童年时乐此不疲的一大趣事。我是公认的钓虾高手，不仅因为技术，更多的是因为"装备"——我有专业的虾钓网。虾钓网命中率高，捕获量大，是钓虾一族的"杀手锏"。其实虾钓网说起来神秘，做起来却很简单。剪一块六七十平方厘米的纱帐布，削两根竹片，交叉捆绑，将纱帐布的四角紧系竹片的四端，再用长绳一头拴在竹片的交叉处，一头拴在手柄的梢头，一只虾钓网就大功告成了。需要说明的是虾钓网的手柄必须长一点，而且是柔韧性较好的篾片或柳棍之类，连接手柄和钓网的绳子也必须粗且结实。呵呵，这就是做虾钓网的秘诀所在。当时，许多小孩子不知道这个秘诀，就是知道，也没有那么多的纱帐布。因为爷爷是公家人，可以领到布票，所以我做虾钓网并不难。那时全村有虾钓网的没有几家。俗话说"物以稀为贵"，因为少，我家的虾钓网自然就成了我在玩伴面前炫耀的最大资本。只要我振臂一呼，小伙伴们便会蜂拥而至和我一起分享钓虾的快乐。当然想钓到虾光有钓网是不够的，还得有食料。那时虾子的口味不像现在这么刁钻，不需要吃蚯蚓、青蛙、蛤蟆之类的活食，只需用碎米搅拌上细糠便上钩了。当然如果碎米炒过，那浓浓的香气更具诱惑力。我们这些小孩子大都不会有心思去炒米，有炒米的时间，可以下三四个钓网呢，太不划算。

夏日的清晨或是黄昏是钓虾的最好时间，约上几个同伴，背上虾钓网，带上食料和竹篓奔到河塘边，一次有组织的钓虾行动便开始了。我们选择的河塘多是野外，靠近村庄的水域因为畜禽的频繁活动，精明的虾子一般不轻易出来。即使在野外，选择下钓的地方也很有讲究，水太深，虾儿不容易发现食饵，水太浅，虾儿警惕性高不上网。东湖冲的壕沟深浅适度，绝对是钓虾的好去处。只需将食料放到网中央（这是虾子最难逃脱的位置），轻轻浸入水中，然后将手柄插入潮湿的河塘埂，不一会儿，即可收获惊喜啦！一连插好五六个钓网时，第一个钓网就该到了起钓时间。起钓时一定要轻，如果像钓鱼那样猛甩竿，虾子受到惊吓就会跟随水流溜走。要是缓缓地提网，直到提出水面，贪吃的虾子们还以为在自己"家"呢！等它们发现上当了，在网里蹦跳着拼命挣扎时，已经晚了。运气好的时候，一次出钓能够收获二三斤虾子呢。

孩童钓虾的乐趣有二：一是钓到虾子时的成就感，二是满足那一点点口舌之欲。虾子水煮或是红烧都是极好的美味。尤其是放上辣椒、蒜瓣、香葱水煮，锅边再贴上发面包子，虾子煮好了，包子也熟透了，包子朝下的那头还蘸满了虾子汤，味道可鲜着呢！

孩童钓虾追求的就是个乐趣，斯文早就丢到了一边，于是走在乡间的田野，经常能见到赤着脚，挽着裤管，满头满脸都是泥巴，一身都是腥味的钓虾"小分队"。然而，我小时候却见识过一次最斯文、最优雅的钓虾，至今还记忆犹新。

那是个暑假，后村口张老爹在读大学的小儿子大伟带回一个白净的漂亮姐姐。在夏日清凉的晨风中，大伟带着那个漂亮姐姐到村北口的大坝子上钓虾。那个姐姐是城里人，从没有钓过虾，很兴奋。她一袭白色的连衣裙，一双乳白的高跟皮凉鞋，蹁跹飘荡在坝埂上，简直就是舞蹈的仙女。她立定在坝埂的斜坡上，伸出一只手让大伟牵着，另一只手轻轻地落下虾网，也不看有无虾子上网，只是回头瞅着大伟咯咯地笑。他们完全地沉浸在大自然的怀抱里。那飘逸的身姿就像书中敦煌壁画里的飞天，朝阳的光辉洒在他们的脸上，使掩饰不住的青春光彩更加夺目。两个活力四射的年轻人，成了朝晖包裹下活动的剪影，金色的光辉里，他们忽明忽暗，周身都散发着迷人的光芒。我看得发了呆，完全被吸引住了，不仅仅因为那位姐姐优美的钓姿，还有她那别样的钓虾方式。当时我一直想知道他们到底有没有钓到虾子——这可是我们钓虾人最关心的头等大事。后来我才知道考虑这个问题是多么可笑，其实钓不钓得到虾对大伟和那个漂亮姐姐来说并不重要，他们是钓者之意不在虾啊！

慢慢地，我知道了尽管钓虾各有不同的目的，但心情应该是一样的，都是充满了欢乐的。钓虾的乐趣不仅在虾子，那美丽的田园风光已经足够让人陶醉。绿绸般一望无垠的田野，珍珠般晶莹剔透的露滴，交响曲般鹅鸭欢快的鸣叫……一切的一切都让人心旷神怡，一切的一切都让烦恼遁影于无形，一切的一切都让人的心回归自然，回归平静，回归美好。

无忧无虑的童年时光在纯净的乡间一晃即逝。童年的梦想和乐趣离我的生活已越来越远。但是童年的故事永远没有丢失，它就好像误入松脂的昆虫，经过时间的打磨，变成了一颗颗美丽的琥珀。这些琥珀由欢乐作针时间作线，串成了一幅幅精美动人的画，珍藏在我心灵最深处。

（写于2009年春）

照亮生命的月色

玉盘似的一轮圆月挂在空中，皎洁的月光水洗一般明净而柔和。不远处村庄里的农舍，影影绰绰地散落着。一条悠长的水练环村而置，水面粼粼的波光随着微风荡漾，仿佛月儿起伏不定的心事。

这样的时刻，这样的月色，即使没有钢琴里流淌的《月光曲》，没有葫芦丝里摇曳的凤尾竹，它的美妙也是让人心醉的。然而，十四年前，就是在这样的月色中，我经历了一次生死轮回。

那年，我初中毕业。中考的成绩还过得去，有幸被肥东一中录取。这似乎更增加了我暑期的快乐心情。对于如我这样在水边长大的农村娃来说，暑假里最有趣的事儿就是在透亮的大沙河里由着性子戏耍，展示游泳的本领和技巧。

从6岁起，我就学会了游泳，是个着实的"水猫子"。每个夏季对我拥有巨大诱惑的就是村边的那条大沙河。由于河底都是沙土，河水又极少受过污染，大沙河的水一年四季都是碧清碧清的。小时候我喜欢埋伏在岸边，目不转睛地瞅着浅水沙地上的小鱼，伺机捕捉它们。这往往只是一种有乐趣而徒劳无功的劳动，远不如一头扎进水里和鱼儿做伴来得畅快淋漓。立在水中不动，只一分钟左右，便会有小鱼过来啄你的腿肚和脚跟。那种痒痒的麻麻的感觉，保准会让你惊喜地跳起来。当然，这是不多于两三个人游泳时才会遇到的。人多时，鱼儿自然不敢沾边。这个时候，离岸边约15米的水域就成了人的天下。村里的老老少少大都喜欢在河里洗浴。所以，有阳光的夏日，很多人家连烧洗澡水的柴禾都省了。记得，夏日我多是在河里享受天然浴。这其中自少不了想在水里戏耍的诱因。和几个小伙伴在水中追打、嬉闹、比试，于我而言是其乐无穷的运动。以至到县城读初中后，仍对此念念不忘。每年暑假回来总是迫不及待约上曾经的伙伴，三五成群泡在河里。初三毕业的这个暑假，自然也免不了畅游大沙河。

那晚的月亮特别圆，特别亮。我和几个女孩儿约好了选大沙河最宽的地方游到对岸。横渡大沙河，这可是我埋藏已久的一个愿望。这次，终于有了实现的机会和决心。不巧的是，我那晚被事耽搁去迟了，伙伴们等不及，就先游走了。我一纵身跳进水中，向她们追过去。但终究迟了一步，游到河中心时，竟遇到她们迎面返回。倔强的我不愿失去这次横渡的机会，没有随她们折返。不知又游了多久，我终于到达了彼岸。站在水中，只感到心怦怦跳得厉害。这当中有剧烈运动后的生理反应，也有横渡成功引起的心理反应。当我还沉浸在成功的喜悦中时，忽地有什么东西过来咬我的脚。我这才发现自己正置身于丛生的水草中。那种长长的墨绿的水草，让我想起了经常在河边出没的蛇，不觉有寒意从脚底袭来。四周空旷而静寂，我能够清楚地听到自己的心跳。远处河堤上的树丛，黑黝黝地矗立在那里，就像蓬头散发的怪物。此时，我只感觉到汗毛倒竖，心跳得更厉害了，也顾不得恢复体力，心中就一个念头：赶快逃离！我迅速扑入水中，拼命向对面游去，似乎有小鬼在后面追杀。大约游到河面的一小半时，我感到身子很重，四肢有些不听使唤，尤其是双腿直往水中沉。求生的本能支撑着我机械地向前游。

也不知撑了多久，前方依然白茫茫的一片，对岸仿佛消失了似的，看不到影踪。我已经感到自己十分虚弱，胸口憋闷，呼吸困难，耳朵嗡嗡的似有蚊蝇围绕，手开始发麻，脚也变得僵硬。我的生命可能就此结束了！心中求生的那根弦开始松动。我绝望地仰头看着空中的明月，算是作别。月光是那么的柔，像一层薄纱从天空撒下，朦胧而飘逸。天空是那么开阔而明净，月亮的四周几乎没有一片云彩。圆圆的明月里面还有一块细长的青影，轻轻晃动，应该是翩跹起舞的嫦娥吧。呵，一切都是这么美好！难道我如花的生命就要这样凋零了吗？不！活下去！一定要活下去！我还年轻，又怎能辜负这一汪明月啊。我振了振精神，微弱的生命之火又重新燃起，并炽烈起来，深深地吸了一口气，向前游去。我不敢再看白茫茫的水面，只仰头盯着银亮的月儿，朝着有人声传来的方向游去。

人声越来越近，越来越清晰。我把目光移向前方，大约20米处有一条水泥船竖直泊在水面上。只要能游到伸向河心的船头，我就得救了。我能做得到的，一定能！我暗暗给自己鼓气。双眼死盯着船头，使出浑身的力气游过去。15米、10米、5米、2米、1米。到了，终于到了！我一把抱住螺旋桨，死死地抱着，大口大口地喘着粗气。伙伴们在大声呼唤我的名字，可我已没有丝毫力气回应。

那晚回到家后，我还没缓过神来。头昏沉沉的，五脏六腑似乎倒了个，胸闷气短，老是想咳嗽，又咳不出来。母亲一边责怪我洗了这么久，一边端来一碗稀饭。我只吃了一半，便稀里哗啦全呕了出来。怕被发现，我迅速清理了现场，仰面躺到凉榻上。头顶的一轮明月，把柔柔的光辉洒满我的全身，犹如母亲的爱抚，让我觉得温暖而舒适。我静静地躺着，静静地享受着。不知不觉中，眼角竟有些湿润了。说不清是大难不死的喜极而泣,还是对照亮我生命的明月的感激?或许都是。

今夜,又是一轮圆月,月光如水,静静地流淌,和十四年前的一样。隐约中,我仿佛还看到了朦胧的村庄,银练般的大沙河……

(写于2006年夏)

家乡的桃

小时候，我对桃是又爱又恨的。爱是因为它难得一见；恨是因为它毛太多，经常是没尝到美味，反倒弄得一身痒痒。那时候我只见过毛桃，而且个头不大，没有等到成熟就落到我们这些调皮的孩子手里，吃起来甜中带苦，苦中带涩，特别是蒂的部分，酸涩的味儿直让嘴巴发麻。那时的我们，拿着个半生不熟的桃子，仿佛手持鸡肋，不好吃，却又不忍弃。

记得童年时，桃树在我的家乡很少见。我的家乡马湖地处江淮分水岭南侧，不少地方干旱缺水。幸运的是，我生长的村庄地势低洼，水源充足。家家门前屋后都种满了树，却极少见到果树。只依稀记得，村西头一大户人家的院子里种着一棵硕大的桃树。说它大，不是因为它有多高，而是它的树冠十分庞大。春夏之际，它犹如一把巨型的绿伞撑开在院子里，特别引人注目。等到青溜溜的毛桃挂满枝头的时候，上学放学路过，或是到西头小店买东西经过，我都不由自主地把头扭过去，眼馋馋地看。仿佛那棵树上有磁铁，而我的脖子就是铁丝，不可抗拒地会跟着它扭转。眼馋归眼馋，到底还是不敢去偷的。因为那只凶狠的大黄狗每天都睡在桃树下，稍有动静，它就会警觉地竖起耳朵，发出令人汗毛倒竖的叫声。偶有胆大的伙伴从邻村摘得（多半是上学路上，趁家中无人，爬上人家院墙偷摘的）一些毛哄哄的桃子，和我们一起分享。大家顾不得生的熟的，两只手在桃子上迅速摩擦两下或直接往衣服上胡乱蹭蹭，就忙不迭地朝嘴里塞，酸涩苦混合的味儿弄得小鬼头们个个龇牙咧嘴吊眼睛。但是不碍事，嘴辣的囫囵着吞下了，嘴不辣的，呸呸吐几口，大家照旧玩得开心热烈，照旧对挂在枝头的毛桃儿心驰神往。

在那个物质匮乏的年代，村西头的那棵大桃树寄托着我小时候吃美味水果的唯一梦想。我幻想着能吃到一个孙悟空吃不下被扔掉的蟠桃，或是墙上画里老寿星手中捧着的那个白里透红的寿桃。那个时候，这个梦想给了我不小的心灵慰藉。我偶尔会做一个美梦：满树桃子又大又红，我坐在西头的大桃树上，像齐天大圣那样，摘一个咬一口尝个新鲜，没等吃完又去摘下一个，仿佛每一个桃子都在向我招手，朝我微笑……即使是个梦，醒来时，吞咽一下口水，也觉得幸福无比。

现在，老家的孩子们对毛桃根本看不上眼，不仅因为可买可吃的水果多了，还因为村子里随处可见油桃树。产业结构调整后，我们乡的小陶村成了产桃基地，而且是又大又红又香甜的油桃。小陶岗地上那片贫瘠的黄土地，经过综合治理，摇身一变，成了连片的桃林。如今，这里已成为城里人休闲度假的好去处，春来赏花，夏来摘果，不亦乐乎。阳春二月，春上梢头，一束束粉红的桃花灿灿然，光彩照人，晃动在花丛中的一张张笑脸，神采奕奕，真是人面桃花相映红！初夏时节，个头不大的桃树上，挂满了又大又亮又红的油桃，乡亲们喜笑颜开地摘下桃子装箱、运输，一箱箱、一车车承载着幸福梦想的桃从这里飞奔向城里的高楼大厦。城里人有的按捺不住，要来尝个新鲜，直接开着小车赶来现摘、现吃，尽情享受生活的甜美滋味。

  我也迫不及待地来小陶村采摘油桃。第一次品尝家乡产的大油桃，那鲜甜的汁水顺着喉咙一直流进了心里，这滋味和儿时梦里的一样！品着家乡的桃，我仿佛又回到了梦里：桃那么大，那么甜；梦那么香，那么美。

  恍恍惚惚地，我醉了，醉在家乡的桃林里，醉在桃的美味里，醉在丰收的幸福里，醉在故乡温暖的怀抱里……

（写于2014年6月）

村庄暮年

我出生在一个依山傍水、风景秀丽的小村庄。在那里，我度过了无忧无虑的童年，迷惘而充满幻想的少年。那儿有我五彩斑斓的梦，有我一生中最美好的回忆。

在我的脑海里，这个生我养我的村庄就是一幅完美而生动的水彩画。画中碧水村外绕，绿树村边合；高高低低的房屋坐落在绿树掩映之中；孩童们在房前屋后你追我打，嬉笑声声；大大小小的池塘就像一面面镜子点缀其中，在阳光的照耀下闪着亮晶晶的光，给小小的村庄增添了无限灵气，偶尔会有成群戏水的鹅鸭或是几头打滚的猪和牛，打破镜面的宁静……这幅画，我一直珍藏在记忆深处，精心呵护，细细品赏。

小学五年级时，因为去县城读书，我和村庄有了短暂的分离。自此过上了七年候鸟般的生活，开学了带着梦想到城里求学，寒暑假背上行囊回到村庄。十八岁那年的夏天，我正式和村庄挥手作别，怀揣着对未来的美好憧憬和对大学生活的无限向往，我离开了故土。同年，我的父母背井离乡，来到县城谋生。此后的十多年，除了在梦里，我再没见过这个美丽的村庄。

回乡，回乡，一个强烈的声音在我耳畔回响。我的故乡，我的村庄，我何时才能回到你的怀抱？2007年的清明，我终于如愿以偿，陪同爷爷奶奶回老家祭祖。阔别十三年后，我的脚步终于再一次踏上了故乡的土地。

昨日的那幅画犹在眼前，今日的村庄为何让我觉得如此陌生？村北口的大坝子不见了，那几十亩白花花的水面，一大半干涸，坝底的大部分地方种着树木，俨然成了旱地。这个坝子可是东湖冲和南湖冲灌溉的主水源。它干了，那几百亩水田咋办？目光寻向远处，那一条条灌溉的沟渠，已经严重淤实，看样子好久没用了。听亲戚们说，村南和村西的不少田都种上了树，还剩下的一些稻田大多是从大沙河里提水灌溉。目光收回到坝子堰上，那两行粗壮挺拔的大白杨——那些因为茅盾先生的《白杨礼赞》让我一度迷恋的绿色卫士们，全没了踪影。接着往村子里走，眼前的景象完全变了。村口那曾经成片的水稻田，除了几幢房屋矗立在上面，其余的都清一色种上了小杨树。我迫不及待地搜寻稻田西北边大塘的踪影。那盈盈满满的一汪绿水呢？那鹅鸭成群嬉戏的场景呢？为何只剩下一块小小的水面？为何如此冷清？我不敢相信眼前的一切，疑惑地问二叔："这就是那个大塘吗？"二叔肯定的回答让我无比失落。大塘的一部分已经被泥土填满，盖上了房子、猪圈，种着胳膊粗细的意杨。目光移向大塘西岸，光秃秃的，什么也没有。十几年前这边曾挺立着一排排粗大的杨柳，像士兵一样守护着大塘。春天来临时，这些士兵便陡然变成了一个个妙龄女子：柳芽儿挂上梢头，柔软的柳枝在春风中婀娜多姿，真是"一树春风千万枝，嫩于金色软于丝"。夏日到来时，千枝滴翠，万条拂水，恰似一方绿色的屏风立于水面之上，实可谓"杨柳郁氤氲，金堤总翠氛"。此时恰逢阳春三月，正是"万条垂下绿丝绦"的时候，而这里连一根枯柳的树桩都寻不见。我在脑海里拼命搜罗着曾经的画面，但不管我怎么努力，都无法和眼前的一切交叠。我仿佛来到了一个完全陌生的地方，双眼贪婪地，上下左右打量着我生长过的村庄，试图寻找到一丝丝过去的影子，结果却总是那么茫然。

从山上祭祖回来，经过大涧子（村东面的一口水塘）时，我本已脆弱的神经又一次受到了刺激。涧子里的水少得超乎我的想象，乍一看以为是一口野塘，人们曾经洗衣、洗脸的地方荒草丛生，芦苇高挑，显然很久没有人在这里洗涮了。

我从歇脚的二爷爷家出发，急切地在村子里转，还抱着一线希望，幻想着能搜寻到往昔的点滴记忆。可是越走越失落，越走越怅然。村东边大沙河沿岸曾绿树成荫，生机勃发，现在看到的只是慵懒的几根荆棘和尚未睁开惺忪睡眼的几丛野草。继续往村庄深处走，当年那些熟悉的、叫不上名字的小水塘个个见了底，有的闲置，有的种了杨树苗。村里寥无几人，大多数人家门户紧闭，门前杂草丛生，枯枝满地。村里的中青年人大都出去打工了，偶尔碰见几个玩耍的小孩子（应该也是清明才跟随大人回来的），我不认识他们，他们也不认识我，唯有见到爷爷奶奶、叔伯婶婶时，听他们喊着我的乳名，这才找到了一点点身在故乡的感觉。

这次回乡，唯一感到欣慰的是，家家户户都住上了宽敞明亮的大房子，用上了彩电、空调、电冰箱等家用电器，城里人用的煤炭炉、液化气灶也成了农村的常见之物，板车早已被拖拉机和耕田机替代，有的人家还买了收割机。农村的生产工具先进了，生活条件改善了，生活水平提高了，这些变化是令人欣喜的。但是农村的萧条和环境的衰败，却活生生地摆在我的眼前。

我的村庄，那个美丽的村庄，已经永远沉睡在记忆里，或许无法再醒来。一股莫名的惆怅弥漫在心间，挥之不去，把我压得几乎喘不过气来。回乡前的兴奋之情，此时已荡然无存。那个充满生机的、活力四射的村庄如今真的步入暮年了吗？我盯着二爷爷家门前那一树灿烂的桃花和在桃树下嬉闹的两个小娃娃，陷入了深深的沉思……

（写于2013年秋）

做个幸福的马湖人

马湖乡，在肥东的东北部，处三地交会处，东部与全椒接壤，鸡犬相闻，南部与巢湖市的栏杆镇隔水相望。这里的人热情、善良、睦邻友好，与周边县市交界处的居民非亲即友，相互为亲的不在少数。我家祖上是地地道道的马湖人，而我的奶奶是巢湖市栏杆镇人，母亲则是全椒县大墅镇人，堂弟媳是全椒章辉（原是乡，后与大墅镇合并）人。由此可管窥马湖人睦邻友好之一斑。

马湖山清水秀，民风淳朴，百姓勤劳，在周边地区累积了上好的口碑。然而，由于地理位置偏，交通不发达，于繁华的城市而言，这里只能屈就于"穷乡僻壤"这个词。我曾经觉得这里太偏远了，一心想走出去，看看外面的世界，很多青少年都和我怀着同样的梦想。我选择的路是求学，多数人选择的路是外出经商。所谓经商，其实就是做大饼油条之类的小生意。但是经营的地点在大上海，故说"经商"也不为过。记得当时，村子里十之八九的青少年都去上海做这个买卖。

上海，这座开放的国际性大都市，以其博大的胸怀容纳了这批来自偏远乡村的淘金者。村里和我差不多大的女孩大都到上海挣钱去了。此时的我，恰恰远离大都市的喧嚣，徜徉在县城某中学的校园里。村里不少人不能理解我父母的做法，常说，一个女孩子，迟早是人家的人，不让她挣钱，反倒花钱念书，真不值得啊！父亲不接话，母亲笑着听，嘴里应和着。可是回到家里，她从不提挣钱的事，只是一个劲儿地关照我不要舍不得吃，别把身体搞坏了（我打小身子弱，常生病），好好学习。可以说，没有父母的开明，就没有我的今天。

父母养育了四个孩子，除了姐姐没上初中，其他三个都上了中学，其中两个还分别读了中专和大学。我们那里农田多，劳力少，每家的农活都很重，很多孩子早早就辍学下来帮忙，有的根本就没让上学。像我家这样四个孩子都进过书房门的着实不多见。父亲和母亲把家庭的重担都挑在自己的肩上，很沉重，但无怨无悔。他们宁愿自己活得艰辛，也不愿苦孩子。20世纪80年代的照片里，父母都很瘦，脸上皮包骨，大大的门牙漏在干裂的嘴唇外面。尽管父母这么苦熬苦累，可日子还是过得捉襟见肘。为了摆脱困境，20世纪90年代初，父母毅然决定和赖以生存的土地依依作别，来到陌生的县城打拼。一间矮小的出租屋，是落脚之地；一只烧饼炉，是谋生之器。他们是村里第一批进城务工的地地道道的农民。不仅要自己谋生，还要供三个孩子读书，何等艰难！熙来攘往的街上，没有几个人会关注这两个焦虑不安的身影。后来，在姑姑的帮助下，父母终于在一所学校门前有了固定的店面，生意才慢慢做开了。

在外面做生意虽然不易，但比起在农村做田时的艰辛，父母还是觉得欣慰，毕竟不要看天的脸色，不要和别人抢水，不要抢种、抢收，也不要交繁重的农业税。村里人来县城，经常到父母的小吃店落脚，面露羡慕之色，连声说，还是走出来好啊，农村苦死、累死了！然而，近些年老家的人见到父母个个喜不自禁，说种田机械化操作，不那么累了，不仅不用交税，政府还给补贴，划得来呢！这两年老家的人又传来好消息，说发生了大变化！村里建起了文体活动广场，可以打篮球、乒乓球，上头还不时送来精彩的文艺节目，供村民茶余饭后欣赏；水泥路修到了村子里，一车就能开到家门口；马湖大街更是漂亮，宽阔的水泥路，崭新的路灯守卫两旁；穿街而过的冯坝已经清淤、拓宽，两岸筑堤、种树，形成了一条景观河，是乡亲们休闲散步的好去处；傍晚时分，马湖大街修葺一新的广场上，欢快的音乐响起，大妈、大婶、小媳妇们随着节拍翩翩起舞……提起这些新景象，老家的人个个喜气洋洋，他们都说因为美丽乡村建设才带来这么大变化呢！表叔对此最有发言权，他多年在马湖大街上做生意，冯坝就在家门口，搁以前，他都懒得看一眼，乱搭建的房子伸到水中央，各种水草、垃圾飘满水面，污秽一团，天一热，怪味冲人，蚊蝇乱舞。美丽乡村建设治理后，他每天都忍不住跑到坝子边上转转，随便走走看看，心里就觉着舒坦，到哪儿都自豪地说："有空，到我们马湖去看看啊！"

当年的穷乡僻壤，现在成了美丽乡村，美好家园。乡亲们的日子也越来越好！父亲和母亲，喜从中来，我们都跟着高兴，都为自己是个马湖人而深感幸福和自豪！

（写于2015年8月）

二十六年后的遇见

县作协组织的一次采风活动中,把家乡的马湖坝列为目的地之一,令我心中既惊喜又忐忑。这个坝子位于滁河支流的马湖河上,是一处有年头的水利工程,1952年兴修,灌溉着沿河流域的一万多亩农田。当地的农民对这个坝子心怀感恩。不少人还亲自参与过坝子的建设和疏浚。父亲年轻时就挑过坝子。所谓挑坝子就是把坝子里的淤泥挖起来挑到坝埂上,起到清淤与加固的双重作用。那时坝子两岸是泥埂,坝闸大堤也是泥筑,遇到连日暴雨就有溃坝的危险,闹得下游百姓人心惶惶。

"马湖坝"三个字在我脑海里印象深刻,很小的时候,就牢牢记住了这个名字。它深深刻入我的脑海,是十岁那年的暑假。那一年的夏季雨水特别多,一连十多天的暴雨,将我的暑假生活浸泡得失去了色彩,一切都变得索然无味。鹅不能放,牛也不能放,甚至到流沙河里戏耍都不能,整天窝在家里,如困兽,似笼鸟。白天是难熬的,夜晚也不好过。连日的雨水冲刷,家中的老屋湿漉漉的,蚊虫像要造反似的,肆无忌惮地占据屋子的每一个角落。每天晚上都要与这些不知疲倦的"吸血鬼"们战斗,一直斗到精疲力竭,才昏昏然睡去,任凭它们贪婪地吮吸。

一天夜里睡得正酣,忽然被人从梦中拽起,不由分说拖着我就朝屋外跑。我迷迷糊糊,惊魂未定,慌乱地问跑在前面的姐姐怎么回事。姐姐喘着粗气,说要炸坝子了,赶紧跑!啊?要炸坝子!我惊得张大了嘴巴。"是啊,尖山里的春姑姑刚才来报信,说岱山湖坝埂开裂,马湖坝要炸坝泄洪,赶紧的,走快点!"父亲从后面追上来一边说一边催促我和姐姐快些走。当时,我不知道什么叫"泄洪",只晓得不跑,就会被即将到来的大水吞没。我吓得打一个激灵,鞋都没有穿周正,就跟在大人后面跑。

村北口的路上全是逃水荒的人,男女老少,拖家带口,在烂泥中吃力地奔走着。孩子的哭闹声,大人的呼叫声,赶牲口的吆喝声,和着哗哗的雨声,嘈杂一片。照明的马灯在毫无商量的风雨中挣扎,星星点点的手电灯光在狂暴的雨雾中若隐若现,早已成了摆设。人们全凭着感觉在雨夜里跋涉。忽然队伍一阵骚乱,村西头的四丫掉坑里了。好不容易被拉上来,已是浑身的泥水,更要命的是胶鞋还在水坑里,顾不得这些了,就这么赤着脚逃吧。不一会儿,谁家的大肥猪掉沟里了,人群中又是一阵骚乱。不妨事的,一声吆喝,壮汉们一齐出手,喊着号子,三下五除二就将笨重的大家伙抬了上来。

风雨不驻,脚步不歇。我们一路往北狂奔,途经的村北大坝,正是马湖坝的下游蓄水区,马湖坝一破,水就会顺着平时灌溉的沟渠汹涌而至。大坝在村北的最高处,洪水一来,将以不可阻挡之势冲过坝堤,覆盖村庄。我们拼命地奔跑,生怕在半路上遇到汹涌的洪流。一旦洪流阻断道路,我们将无路可退!跑啊跑,雨水裹挟着汗水充斥全身,也不知走了多久,我随父母来到了地势较高的邻村堂舅家。

舅舅只能打地铺安顿这些半夜登门的客人。我和弟弟被就地安排在灶台后的干稻草上。屋里灯火通明，煤油灯、马灯，能用的都用上了。大人们毫无睡意，热烈讨论着洪水的事。许是惊吓过度的缘故，我也毫无睡意，无聊地四处张望。忽然，靠墙根的地方，一本书跃入我的眼帘，页面暗黄，没有封面，也无书名。管它呢，有一本课外书就足够了！于是迫不及待地捧到手上，兴奋地翻阅起来。故事很精彩，我被深深地吸引了。还记得主人公胡斐和袁紫衣总是行踪不定，神秘莫测，我废寝忘食地追逐着故事情节，到了痴迷的程度。后来，我才知道那是金庸大师的武侠名著《飞狐外传》。

在舅舅家躲洪水的两天，老天爷没有像先前那般疯狂，雨小了许多。两天后仍没有传来炸坝的消息，父亲说水情有缓解，政府不炸坝了。其实，炸坝并非官方消息，只是雨水太大可能要炸坝，消息还没得到确认，不知怎的就传开了，闹得周边百姓人心惶惶。不管怎么说，不炸坝是好事，只是我要回家了，可惜那本好看的书还没看完呢！

这次逃水荒的经历，虽然幸运，有武侠名著相伴，但内心对马湖坝留下了难以磨灭的阴影，这个名字让我有隐隐的恐惧和深深的惶惑。"马湖坝"，它到底是什么样子呢？

许多年之后，当"马湖坝"三个字赫然出现在采风名录中，我反倒有了几分急切的企盼。这个地方究竟是什么样子呢？一直以来它在我的脑海中既深刻又模糊，像一个神秘幽深的梦境。我的心跳开始加速，时隔26年，马湖坝的面纱终于要揭开了！

秋日午后的阳光，不那么耀眼，不那么灼热，和着秋风照在身上舒爽而惬意。马湖坝的一汪盈盈秋水，在明净的秋阳里闪着点点金光，惹得我只好眯缝起眼，才敢迎接碧波上那一片跃动的灿烂。此时，若能驾一叶小舟，轻摇河上，那是何等的美好啊！思绪像脱了缰的野马在旷野里驰骋，目光也不由自主地越过水面，抵达彼岸。对岸水泥砖石砌就的护坡结实而干净，坡埂上绿植成行，树叶在秋风中"沙沙沙"唱着欢快的歌谣。我信步登上高耸的马湖坝拦水闸大堤，堤坝宽阔平直，犹如城市干道，心中不由得滋生出一种安全感。站在大坝之上，一边是茫茫碧波，一边是幽幽空谷，心胸豁然朗阔，莫名地迸出"指点江山，激扬文字"的诗句来，陡然间平添了一股豪情。

那幽幽空谷，便是马湖坝的泄洪渠道。当闸门一破，湖水便以千钧难敌之势冲进河谷，冲向下游的流沙河，冲毁我们的家园。可以想见，当年它只是个泥土坝子，虽后来改成钢筋混凝土闸，但由于泄洪孔过窄，洪流一来，依然危险异常！难怪春姑姑半夜送信到我家，那种气氛紧张的逃荒自然也是在所难免。而今，堤坝几经加固，闸门厚重，泄洪闸和灌溉闸各司其职，已无洪患之虞。听乡里工作人员介绍，坝子还在进一步除险加固，项目已获批，新闸将按照20年一遇洪水设计，让泄洪抗旱功能最大化。待大坝重修后，我一定要故地重游！而此时置身大坝之上，不由得心潮澎湃，那埋藏了26年的恐惧与惶惑荡然无存，只觉浑身轻松，心情畅快。放眼谷底，只见巨石层叠，隆起的青石迭连铺就成河床，青石之间细水潺湲。河谷两岸郁郁葱葱的自生树木，仿佛没有收到丝毫秋天的信号，依然青翠逼人。眼前这深谷的景象，竟让我不由自主地想起了黄山的情人谷。那里两岸翠竹蓊郁，谷底巨石层叠，石间溪流淙淙。同行的文人墨客们无法抗拒大坝河谷的迷人景致，纷纷徒步蜿蜒至谷底，或静坐磐石上，或斜倚侧壁旁，与大自然来个亲密接触，有的还留下美图为念。

有菱角！一位女伴忽地欢呼。果然，在一块巨石旁，一只菱角静静安卧。它周身漆黑，表面光滑而坚硬，显然经历了岁月的打磨。它从哪里来？又要到哪里去？如何在夏季大水的冲刷之下，反而能幸运地滞留于此？或许我儿时生长的村庄前奔流的那条流沙河里，就有它的兄弟。我轻轻拭去它表面的浮沙，装进上衣口袋。此后，我的书桌上，多了一只菱角。

　　我时常抚摸这只菱角。看着它，便不自觉地想起了故乡，想起了故乡的马湖坝，想起了这次时隔26年的遇见。

（写于2017年2月）

小城春雪

已是春光明媚，仍然难忘农历丙戌年的第一场雪。那是正月初八，春节后上班的第一天，一大早，空中就飘起纷纷扬扬的雪花，只半天工夫，我居住的小城已被装扮得分外妖娆。这可爱的小城迎来了她农历新年的第一场雪，这场雪给年味尚浓的县城送来了新年的新惊喜。

经过雪花一个昼夜的巧手绘制，玻璃窗外，好一个银装素裹的世界！雄伟的琼楼玉宇，秀美的玉树琼枝，恍若人间仙境。雪中跳动着的花雨伞，任由轻盈的雪花在她们斑斓的躯体上恣意雕琢。远处，传来阵阵银铃般的笑声，循声望去，几个孩子在打雪仗呢！我的心也蠢蠢欲动起来，约几个朋友出去踏踏雪，拍几张照片多好啊！窗外的冰清玉洁丝毫无法冷却心底里出去走走的强烈愿望。转眼，便约来友人，飘身而至冰雪之中。

瞧，那一丛桂树，洁白的雪花撒满枝叶，仍掩不住墨绿的颜色，绿叶衬着白花，正是一处好景致。朋友们奔跑过去，打算留下永恒的回忆。手刚微微抬起，准备摆个优雅的姿势，却不小心触动了一杆毛茸茸的银条儿似的树枝。松软的积雪趁势从枝头落下，扑簌簌钻进衣领，在温暖的脖颈间迅速化开，游走向身体深处，那浸入骨髓的清凉惊得友人尖叫。叫声分明是惊与喜融为一体的，旋即，便传来抑制不住的欢笑。

　　一阵风吹过，空气中隐约飘来淡淡清香，循香而去，树丛中竟藏着一株蜡梅。走近些，依稀可见每一朵金黄的小花上都顶着疏松的一团雪，恰似一顶顶晶莹小巧的玉冠，煞是可爱，惹得人直想伸手去摸，却又不忍心。还有粒粒饱满的花骨朵儿，那饱胀得几欲喷散而出的花瓣又紧紧地相互簇拥、环抱，瞅一眼就自然地想起亲密无间的兄弟姐妹！由于长时间踏雪，渐已觉得寒气逼人。梅花却沉浸在飞雪中洒脱自在、无拘无束地开放。这种蓬勃而出的生气，引得人不由又凑近些，再深深吮一口她怡人的香气。此时，只想吟诵："风雨送春归，飞雪迎春到。已是悬崖百丈冰，犹有花枝俏。"

　　浸润着蜡梅的清香不知不觉步入了县政府广场。厚厚的积雪，没有阻挡住人们对小城广场的热爱。情侣们终于等到了抒发浪漫情怀的好时候，双双对对，簇拥着，在雪中逍遥漫步。孩童们顾不得打伞，在雪地上尽情追逐、嬉戏。一把小红伞赫然出现在广场的一角。伞下，一位年轻的母亲带着一个三四岁的孩子在玩耍。

　　"妈妈，雪可以吃吗？"孩子一对天真无邪的大眼睛扑闪着盯向母亲。

　　"可以的，人们可以用雪水泡茶喝呀。"

　　母亲的话触动了孩子，他伸出小手抓起一把雪就往嘴里塞，惊得母亲赶紧阻止……渐渐地红伞被雪花染白了，融入银白的世界。

　　雪水泡茶是一些讲究的茶客所喜好的。他们收集干净的积雪放入壶中，用炉火慢慢煨化，然后旺火煮沸，用沸腾的雪水冲泡置放于陶质容器里的茶叶，再散盛于各小盏中，三五友人分享，边喝边聊，边欣赏雪花漫舞，别有一番情趣。也有人收集入春的第一场雪，存放于密封器皿中，埋藏于地下，隔年饮用。《红楼梦》中的妙玉就深谙此道，招待宝玉、黛玉等人时，泡茶用的就是存放了五年、收集于梅花上的雪水。众人皆道茶好，却不知是沏茶的水好。我想，我居住的小城一定不乏这样的茶客吧。

雪中的情趣随处而生。几个少年在雪地里为堆一个雪人忙碌着。他们先拢起一堆雪，然后分工协作，你造身子，我造头，一会儿工夫，雪人成形了。拿出先前准备好的两只红玻璃球往脸上一装，再把胡萝卜做的鼻子镶上，雪人便活了！少年们瞅着雪人，眼里流露出成功的喜悦。"给他起个名字吧？""叫福娃，怎么样？""哎呀，不行，与奥运吉祥物同名啦。""那就叫春娃吧！""噢——春娃诞生了！"少年们欢呼着。

"春娃"，多好的名字啊。是的，一场大雪真的送来了春的讯号。那怒放于枝头，"俏也不争春，只把春来报"的梅花，那藏躲于松软雪被中，还俏皮地崭露头角的麦苗，都在告诉人们：春天已经来了。

站在雪地里，我不禁轻声哼唱起那首吟雪的歌："……你是春雨的亲姐妹哟，你是春天派出的使节……你把生命溶进了土地哟，滋润着返青的麦苗，迎春的花儿……"

呵，小城雪中的一切都是那么亲切、自然、生动、和谐，令人回味！

（写于2006年2月）

第二辑

亲情难舍

玉米糊的醇香

每次闻到玉米粥煮开后那股特别的浓香，就让我想起了外婆和她做的玉米糊。外婆病逝已经17年了，17年里外婆留在我脑海里的点点滴滴记忆，没有随着时间的推移淡化，而总是在不经意的时候浮现。

外婆家在全椒县，离我家大约30华里的路程。虽然多是山路，又没有直达的交通工具，但每次听说要去外婆家，我们兄弟姐妹4人总是欢天喜地。然而，好事往往不是大家都能共享。带谁走亲戚，是由父母决定的，而他们常常只带一个。轮到谁了，谁前一天晚上就开心得睡不着，没轮上的则咕嘟着小嘴，难过得也睡不着。

有一次，妈妈回娘家，决定带我去。那时我6岁。这可是我第一次去外婆家，我开心地一路上跑啊、跳啊，一连爬了好几个山头也没觉得累，还一直跑在父母的前面。赶到外婆家时，我已热得满脸通红。外婆赶紧打来凉水，给我擦脸。然后把我抱进里屋挑出一个最大的红心山芋削给我吃，那时见不到什么水果，这红心山芋就是我眼里最香甜的"水果"了。晚饭时分，外婆揭开锅盖，一股带着丝丝甜味的醇香扑鼻而来。是什么啊？这么香！我奔到灶边，站在凳子上，好奇地伸头往里看，只见满锅黄澄澄的糊糊。外婆笑着摸摸我的头说这是玉米糊，便给我舀了一大碗。那时的碗是粗瓷大海碗，足足抵现在家常小碗的两个半。第一次吃玉米糊特别香，很快一碗下肚了，我赶紧举起碗要求再盛。外婆接过碗要去灶台，却被妈妈拦住，她怕我胀坏了。我哭着说不胀，妈妈只好在我的哭声中让步。那晚我吃了两大碗玉米糊，吃完后，还将粘在碗四周的糊糊全部舔得干干净净。妈妈收拾碗时，忍不住逗趣说，比洗的还干净呢！

外婆她们那儿的农作物以玉米为主，早晚两餐都吃玉米糊。当地的小孩子都吃腻了，而我却乐此不疲。两天后，父母要带我回去，我就躲在舅舅的小屋里不出来。那一次我在外婆家住了一个多月，狠狠过了一把"玉米糊"瘾。外婆待人和善，和邻里处得非常融洽。我经常跟着她串门，很快村里家家户户都认识了我，不管走到哪都有人拿东西给我吃。有一天晚上我还在别人家吃了晚饭。回来后，我悄悄对外婆说别人家煮的玉米糊不香，我只吃了一碗。外婆搂紧我，说："我三伢子喜欢吃，明天外婆就煮一锅给你！"我高兴得一个劲点头。当晚，就做了个梦，梦里我真的吃了一锅玉米糊，外婆看着我吃的馋样儿，还在一旁慈祥地笑呢。

外婆宠我胜过宠小舅。小舅排行最小，比我大十来岁，是外婆最宠爱的一个孩子。一次我想吃山芋，挑了一个给小舅削。削好后，小舅先吃了一口，他一边嘬着嘴，一边说，好甜啊！我看到山芋露出来脆嫩的红心，口水都快流下来了。可是小舅却举着山芋让我够，说够着了就给我吃。每当我踮起脚尖快够着时，他就把山芋抬高些，让我总是可望而不可即。几番尝试，我懊恼地瘫坐在地上放声大哭。外婆闻声赶来，一把夺过山芋放到我手里，还狠狠地揍了小舅一顿。小舅本来是逗我玩的，结果挨了揍，只好委屈地流泪，而我在一旁甜甜地啃着山芋，竟破涕为笑了。

　　住在外婆家的那段日子，我和村里的孩子很快打成了一片。一个雨后的黄昏，我们聚在外婆家屋后玩。其中一个小女孩的肚子很大，被称为"屎巴肚子"。出于好奇，我们都想知道里面到底装了些什么？恰巧那天有人带了一截废弃的小钢锯，说要锯开她的肚子看看。小女孩敌对地盯着我们，说谁敢锯就喊家人来打谁。小伙伴们都怕了，把目光齐刷刷瞄向我，意思是：你不是本村的，不要紧。那一刻在莫名的荣誉感和好胜心驱使下，我竟然拿起小钢锯，眼一闭，在小女孩的肚皮上拉了几下。尽管由于害怕不敢用力，还是拉出了一道细小的血痕。小女孩"哇"地哭起来，小伙伴们"哄"的一下四散而逃。我见状，吓得丢下钢锯，拔腿就跑进外婆家，把前后门都拴起来，耳朵贴在门后听外面的动静。晚上，外婆从庄稼地回来，"咚咚咚"地敲门。我竖起耳朵听外面的响动，起初，就是不敢开门，直到确信没别人，我才把门打开。外婆见我神色异常，一再追问原因，我支支吾吾说了经过。外婆一把拖起我要去赔礼道歉，我不敢去，辩解说人家大人还不知道。外婆立即厉声道：敢作敢当，才是好孩子！外婆领着我走进小女孩家，不停地打躬作揖，赔不是——尽管小女孩并没什么事。那晚，外婆平生第一次打了我。第一次看到慈眉善目的外婆突然那么凶，我吓哭了。

　　如今想来，外婆是对的：敢做就应该敢于承担！可是，在我还没明白这个道理的时候，外婆就永远地离去了。我再也无法听到她轻声唤我的乳名，再也无法享用她亲手做的玉米糊了……

　　与外婆相处的日子是短暂的，但她深深的爱和深厚的人格魅力，却如玉米糊的醇香久久萦绕在我心间……

（写于2006年春）

雪中送祖父

已是阳春三月，心情还时有阴雨，时而飘雪。雪在思绪里扑簌簌地飘，轻轻落在心底，无法抹去。就是在那个百年不遇的飘雪的清晨，祖父的灵魂冉冉升入了天堂，化作洁白的雪花漫天飞舞，而后静静地落在大地上，落在亲人们的心坎上……

我不知道如何为祖父送行，哭已经无济于事，就请那洁白无瑕的雪代我送祖父一程吧。跪在祖父的灵车旁，膝下的雪似乎有了感应，慢慢地融化了——雪也在流泪！这泪水浸湿我周身的每一个细胞。我捧着黑白色的遗像走在雪里，泪眼模糊中祖父定格在银色的世界里，仿佛变成了白雪，在我的身前、身后、左边、右边，无处不在。

打小祖父就喜欢我，我也一直是他心目中的乖乖女。他到哪儿教书，就把我带到哪儿，俨然成了他的小尾巴。从小学到大学，乃至刚参加工作，我都下落在祖父母处，前后算来和他们共同生活了12年。12年里，祖父是我的亲人，也是我的老师。他教我如何学习，如何做人。祖父是教语文的，受他言传身教，我对语文很感兴趣，作文常常受到老师表扬，还偶尔被作为范文。祖父教给我许多好的学习方法，在他的引导下，我各科成绩都不错，学习上我成了他的骄傲。而他最关心的是我的品行修养。他常说"不成才可，不成人不可""人才、人才就是先成人方可为才"。一次，我贪玩迟到了，撒谎骗老师又被识破。祖父知道后十分生气，扬起手指，让我饱吃了一顿"蚕豆"。我的头当时就鼓起几个大包。这是祖父平生第一次打我，一边打一边还说，诚实、善良是为人的根本，怎么可以骗人！多年来，他给我的谆谆教诲，还一直萦绕在耳畔。参加工作后，他仍然经常给我指点。我做的财务工作，是老人家操心最多的，他担心我业务不熟误事，更担心我经不起诱惑犯错误。再三提醒我要勤动笔，并常对我说，好记性不如烂笔头，纸和笔要随身带，账目要清楚，要日清月结。他还总对我念叨一句话"勿以善小而不为，勿以恶小而为之"。这是在教我心存良善，更是提醒我不要贪小利而失了大节。这些我都一一铭记，并让我终身受益。

在我的心里，祖父一生就像一尘不染的白雪，白得透明、圣洁。他做人光明磊落，做事勤恳尽责，活了79年，从不想占别人便宜，更无害人之心。祖父有很好的家教，幼年识字，少年求学，青年从教，从19岁开始走上讲台，一教就是43年。由于祖父书教得好，早就美名在外，在乡中退休后，还先后被三所小学返聘，这正好续了他对教育事业的难舍的情缘。

祖父一生热爱教育事业，他的一腔赤诚都献给了三尺讲台，献给了芬芳的桃李。在40多年的执教生涯中，许多学生，在经济上、生活上都得到过他的帮助。70年代初的时候，祖父在某中学任教。当他得知班上一位学生因家境贫寒而失学的消息后，便抽中午休息时间，顶着烈日步行5里多路来到那位学生家，连一口水都没来得及喝，就掏出10元钱交给学生家长，说是孩子的学费。当时，祖父的月工资才27元，要维持一家四口的生活，奶奶还有病在身，日子也紧巴巴的。可是祖父爱生如子,他怎忍心眼看学生失学而不管呢!类似的事情在祖父的执教生涯中不在少数。祖父一生教过的学生无数,大多成人、成才,不少学生还身居要职。但祖父从没有因为家事麻烦过一个学生。然而学生们并没有忘记这位德高望重的老师。他们中的许多人在得到祖父去世的消息后,纷纷冒雪赶来为老人家送行。

送祖父走的那天早上,雪越下越大,我坐在车子里看着窗外飞舞的雪花,我想这大概是天公为祖父撒下的灵花吧。白雪昭昭,祖父的灵魂昭昭!

转眼,春天来了。白雪慢慢地消融了,融不掉的是她的纯洁;祖父远远地走了,走不失的是他的灵魂。

(写于2008年春)

思念祖母

　　本以为时间可以让人忘却思念之痛。在祖母去世后的一年零七个月里，我只是在静下来的时候，才偶尔忆起她的音容笑貌，心中已不再像她初逝时如万虫噬咬。我甚至以为自己已经忘却了思念。可是那一天，思念之痛如潮水般袭来，将我的错误认识击得粉碎。
　　那是一个五月的正午，我行走在住宅小区里，突然眼前出现一个熟悉的身影：花白的头发，瘦弱的身躯，还有那晒东西的动作……"哎呀，奶奶！"我心中一颤，差点喊出声来。当老人缓缓转过头时，我惊讶地发现那张脸和祖母的一样，皱巴巴的老皮如同敷着一层黄褐色的壳，就连那双慈爱的、浑浊的眼睛，都是那么相似。我真的看到了慈爱的祖母！不知不觉中已有滚烫的液体从眼眶中汹涌而出，来不及擦拭，也不想擦拭，任凭它肆意倾泻。回到家中，我默默地坐在沙发上，思维近乎停滞，就那么静静地发呆，许久，才回过神来。我知道那只是幻想，祖母已经走了，永远地离我而去了！她只能活在我的记忆中。
　　思念如针，记忆似线。穿针引线间，我仿佛又回到了从前。

儿时，我是祖母心中的"好孩子"。她总是夸我懂事、能干。第一次放鹅，小鹅们一个个吃得饱饱的，而且一只没丢，她夸我；第一次洗衣服，把爷爷的的确良衬衫洗得白净，晾得笔挺，她夸我；第一次熬出浓浓的白米粥，她夸我；第一次把庭院扫得干干净净，她夸我。在祖母的爱抚和赞许中，我心里整天充盈着自信和满足。

那时，祖父退休在家，勤劳的他喜欢用搭网打鱼补贴家用。大鱼拿到集市上卖，小鱼留着吃。所以，于我们而言，吃鱼是常有的事。鱼多了，吃不了，祖母就把小鱼洗净腌制后晒干，做成咸干鱼。蒸咸干鱼，绝对是一道下饭的美味。祖母用一只褐色的小窑锅盛放小干鱼，点上一团自制的黄豆酱，撒些青椒片和香葱，浇上菜籽油，随着大锅饭揭盖，咸干鱼的香味就弥漫开来。"小馋猫"们闻到香味立即行动起来。哥哥、姐姐早就端着碗在旁边候着了，而我迟迟不来凑热闹。因为我知道：即使不来，也有我的份。咸干鱼端上桌时我还没来，祖母就会大声寻我，然后把肉滚滚的沙钻（一种肉细、刺少的小鱼）夹到我碗里。一条小咸鱼能让一大碗白米饭变得有滋有味起来。哥哥姐姐的胃口明显比我好，无须祖母招呼就往碗里夹鱼。祖母因此说他们"好吃"。在那个缺衣少食的年代，被冠名"好吃"是情有可原的。为了防止"馋嘴"的姐姐偷吃（那时姐姐正在长身体，也实在找不到其他可以吃的东西），祖母总是把蒸小鱼的窑锅放在碗橱的最里边。到了半下午，祖母就唤我过来，端出窑锅，挑几条小鱼给我吃。这种特殊待遇都是缘于祖母认为我"不好吃"，在饭桌上吃得少。祖母的偏爱，让我的心里装满甜蜜。

给我们姊妹几个洗澡用的小木盆，是祖母陪嫁的物件，特别厚实，上面油着一层厚厚的桐油，用了几十年，还严丝合缝。夏日的晚上，大人忙农活回来迟，我做完分内的家务实在倦了，就带着弟弟窝在小木盆里打瞌睡，上面覆盖竹篾筛子隔离蚊虫。不过，精明的蚊虫早就嗅出了汗味，"嗡嗡嗡"地在外面盘旋。我们昏昏睡去时，就是它们饱餐一顿的大好时机。祖母从田里回来，遍寻我们不见，便大声呼唤我们的乳名。事实上，我已迷迷糊糊听到了祖母的呼喊，只是困顿得不想应。等祖母发现我们时，揭开筛子，蚊子便哄地四散而逃。祖母一把抱住我和弟弟一个劲地念叨：嗳呀，我的乖乖呀，你看这身上咬的……虽然被蚊虫咬了无数个包，但是祖母的疼爱还是让我年幼的心里充满了幸福的滋味儿。

被祖母洗脸也是一件幸福的事。因为贪玩兼带着撒娇，我和弟弟都不肯老老实实地洗脸。每当这时，祖母就把毛巾搓好了，举在手掌上，故意闭上眼睛说："我眼睛一闭，我乖伢子就过来了，来了，来了……"每当这时，我和弟弟就不由自主地随着祖母说话的节奏慢慢地靠近她。当我们快到祖母跟前时，她突然睁开眼睛，一把抓住我们的手说："哎呀，逮到了，跑不掉了！"这时，祖母和我们都"咯咯咯"地笑起来，笑声随着乡风在村庄里飘荡……

祖母疼爱我们，但从不纵容。我们每次出去放牛、放鹅，她都再三交代我们不要摘人家地里的瓜果，不准挖人家地里的山芋等。她常说，从小摸针，长大偷金，东西再好，不是自己的，都不要拿。由于祖母的言传身教，我们姊妹四人，都很自律，从不想占便宜，与人相处也宁愿己吃亏，不愿人受损。

祖母的教导犹在耳畔，转瞬已经过去了几十年。时间就像一台不知疲倦的机器，永不停息地转动，无情地吞噬着世间的一切，包括最为珍贵的生命。如今，慈祥仁爱的祖母又回到了她曾经辛勤劳作的地方，长眠于故乡的东山之上。而我对于祖母的思念，却愈久愈浓。

（写于2012年5月）

一世行善

2010年的仲秋时节，祖母回到了她阔别已久的故土，永远不再离开。

故乡的田野金黄与墨绿交织着，偶有几朵小花倔强地迎风挺立。我们默默地走在上山的路上，送祖母最后一程。故乡的山，熟悉而又陌生，山顶的老坟如儿时所见那般高耸着，丛生的杂草淹没了道路，比以前任何时候都显得更加荒芜。

我们小心翼翼地将祖母的骨灰盒和祖父的安放到一起，封好，磕头。起身的时候，突然有一位妇女斜刺里冲过来，拜倒就哭。我们惊愕地定睛一瞅，原来是葵婶。她一边哭，一边说："我大大是个好人哪，怎么就这样走了啊！"

葵婶精明能干，因为有三个孩子，都在念书，日子总过得紧巴巴的。而祖母这边，儿女们已自食其力，加之她老人家勤俭持家，总是略有结余，便很自然地主动向葵婶伸出了援手。葵婶"咚咚咚"磕着响头，说一直以来总得到祖母的帮助，在她家老二上大学时，还没等开口，祖母就揣着钱主动上门救急，真是菩萨心肠。我们扶起葵婶一边送她，一边说着感谢的话。葵婶还没走远，东头的姑奶奶又不知从哪儿跑来，跪倒在祖母坟前，一口一个"我的好嫂子啊"。哭了一阵子，她忽然反过身来责怪我父母不该瞒着她。父母小声赔着不是。姑奶奶长叹一声："当年我们家不晓得麻烦你妈妈好多次哦，只要张口，她总是想办法帮我们解决困难。现在她百老归山了，我怎能不来送送她呢！"

那天，老家的人，但凡遇到的，都向我们念叨起祖母的好。

不必说在生活了50多年的夫家，即便在生活了仅20年的娘家，祖母助人行善的美名也一直流传着。

不管什么时候到祖母的娘家，只要提起她的名字，岁数大的都亲切地称"二姐"，岁数小的亲热地叫"二姑"。大家对她出嫁前体恤贫苦的一些做法总是津津乐道。祖母年少的时候，经常要求做淘米的活。她本是大家小姐，下塘淘米的活自然轮不着她做。她淘米不为别的，目的就是悄悄接济贫困乡邻。见到哪家缺米了，就从米篮子里倒给人家。左邻右舍来借米，祖母抢着到仓库舀米，总是把升子装得高高的给人家。别人来还米的时候，她要求升子平平的才能收。村里房分里的远亲，家里有孩子上学拿不出钱的，她就暗地里塞给人家。至于给点吃的、穿的，那是再寻常不过的事。远亲近邻们得到她帮助的不在少数。受到接济的人，也总是念着她的好，他们的下一代至今还记得祖母的名字。

祖母走到哪，善行就跟到哪。20世纪90年代初，祖母离开了生活近50年的故土，来到县城。起初帮在县城教书的姑姑带小孩，后来闲了，办起面向中专生的小食堂。学生们都喜欢到祖母的食堂打菜，因为祖母的菜味道好、份额足。对家庭困难的学生，她还常常额外加菜。有个学生在祖母这赊账吃了三年，还经常向祖母借学杂费，直到上班后才慢慢还了钱。学生们都亲切地称祖母"奶奶"。叫得那么亲热，连我这个亲孙女都不由得心生妒忌。

祖母虽没进过书房门，但是个识事理的人。她明白读书的重要性。记得上初三时，我的一个成绩不错的女同学突然就不来上课了，后来得知是她妈妈不给她上了，让她挣钱。祖母听说此事，当晚就要去我同学家劝说。祖母年轻时患过麻痹症，腿脚不便，我建议她明天再去，她不肯，执意晚上就去。我扶着祖母深一脚浅一脚地走在乡间小道上，约莫半个小时，我们来到同学家。祖母以我姑姑为例，以我为例，苦口婆心地劝说同学的妈妈。

"你家丫头成绩好，都初三了不读太可惜，等两个月，预考（那时候中考之前得先预考，合格了才能取得中考资格）成绩要是不理想，你再决定也不迟啊。"

"大婶，我们家现在日子不好过啊，我这也是没办法！"

"钱的事，你不用担心，我这有，你先拿着。"

祖母从衣兜里摸出一个手帕，一层一层地打开，里面有20元、10元、5元，一沓一沓的，整整齐齐码着，总共500元！这钱可是祖母一锅菜一锅菜地炒，一勺菜一勺菜地舀，才挣来的。每一分钱都凝结着她老人家的汗水。同学的母亲彻底被感动了，颤抖着握紧祖母的手，一再答应，让女儿继续上学。

令我印象最为深刻的是：祖母是个女人，却拥有伟丈夫的博大胸怀。

小时候，看着跟我差不多大的人都有伯伯，有叔叔，我觉着好奇，常常问祖母我为什么就只有爸爸？每当这时，祖母的目光便黯然无华，然后默默地走开。仿佛刻意在回避什么。后来，听父亲说他原本有一个弟弟，可惜四岁时被饿死了。父亲的弟弟本不该被饿死，只因祖母的小叔子早逝，弟媳又因故不在家，丢下一个年幼的男孩，为了保住二房的香火，祖母毅然担起长嫂的责任，把孩子领过来。那时父亲7岁，他的弟弟还没到四岁，祖父在偏远的山村学校教书，一年只能回来两三趟。祖母一个女人家，带着三个小孩子，日子是何等的艰难！在那个缺衣少食的年代，饥荒是人们生存的最大的障碍，要养活三个孩子对祖母来说是巨大的考验！祖母真正体会到了什么叫巧妇难为无米之炊。

"再难，也不能让二房的孩子饿着！"

祖母在心里反复默念着这句话。她自己少餐缺顿，把粮食省下来给孩子们吃。还是不够，她又克扣自己孩子的口粮，调给二房的孩子。父亲的弟弟本来体弱，再加上缺少吃的，面黄肌瘦，有一天淋了雨，便一病不起，就这么夭折了。

知道事情的原委后，我再也没有在祖母面前说过"伯伯""叔叔"之类的话。

我很小的时候就依稀记得，祖母是拜观音的。每年春天的一个特定的日子里，她都要去参加观音会。

说到观音就不由得想起祖母跟我讲过的一个故事。故事的主人公是祖母的母亲。祖母的母亲是大家闺秀，面目姣好，身材窈窕，皮肤白皙，恬静雍容，为人和善，就像玉面观音。那年正月十五，镇上闹花灯，祖母的母亲也去看热闹。

"你们看！这个小媳妇好漂亮吆。"

不知谁一声惊呼，引得众人不看花灯，都转头看祖母的母亲。可惜祖母出生不久，她的母亲就不幸得产后风去世了。从家里老一辈人的嘴里，祖母有了关于母亲的点滴认识，在她的脑海里，母亲就是一位慈眉善目的玉面观音。这可能是祖母一直拜观音的潜在原因。也正是因此，祖母的心里打小就埋下了一颗善的种子，这颗种子与祖母终生相伴，在她心中生根、发芽、开花、结果。

如今在儿孙们的心中，祖母，其实就是慈悲为怀的观音！

（写于2016年春）

父亲的快乐

父亲是个对生活要求极其简单的人，也是个极知足的人。"知足者常乐"，所以父亲又是个极快乐的人。

年少时，我曾对父亲容易满足现有生活的态度很是不解，总认为他没别人的父亲能干，只是乐于种地，不晓得学个手艺，挣点外快什么的。生活的拮据使我对憨厚的父亲颇为不满。后来稍大些，才听爷爷说，父亲原来是非农业户口，吃公家饭的，而且读书成绩非常好，在学习上很有一股子倔劲，从不服输，一直都是班级前三名。后来因为家庭成分问题，非农身份取消了，书也不让读了。恢复高考时，父亲虽是"老三届"，但因为在闭塞的乡村，获得消息时已经错过了时机。就这样，父亲的命运彻底改变了。很多像父亲这种情况的，因为家里有人，大都做了民办教师或当上了乡村干部，而我的父亲因背负家庭成分的包袱成了一个地地道道的农民。

可是，这些我却从未听父亲提起过！当父亲用曾经翻书握笔的手扶着犁把、举着牛鞭时，虽然异常艰难，却从未听他怨天尤人过！那时，每当劳累了一天的父亲，在昏暗的油灯下翻开我们的作业本，看到满眼的大红勾勾时，他就乐了。在我的印象中父亲的快乐总是随时而生的。瞅着满地绿油油的庄稼，他乐，就仿佛看到了沉甸甸的收成；遇见欢快行走的上学娃儿，他乐，就好像看到了茁壮成长的禾苗；听说同学升迁了，他乐得酌起小酒，如同自己升迁似的……

有一次，我忍不住问父亲："您原本可以生活得很好，现在却过得这么苦、这么累，您心里就没有一点怨恨吗？"

父亲对我慈祥地笑，没有正面回答，只是给我讲了个故事。

曾经有位贫穷的农夫，他每天都很快乐，在地里干活都高声放歌。农夫的妻子很生气，责骂他说："连鞋都没得穿了，你还乐什么？"农夫答："我以前因没鞋穿而苦闷过，但有一天，当我看到一个失去双脚的人后，我就觉得自己已经很幸福了！"

故事说完父亲就忙活去了，而我却陷入了沉思。快乐原来就这么简单！快乐是什么？珍惜自己已经拥有的一切就是快乐！是的，心是快乐的，人就是快乐的。父亲的快乐就是源于他那颗装满快乐的心！

（写于2005年12月）

母爱的震撼

至今难忘几年前读过的一则故事。一只母象带着几只小象走在大漠里,很久没有喝水的小象们渴得就快走不动了。这时,母象看到前方出现了一汪清潭。可小象们站在潭边,不管怎么努力也够不着水,眼看小象们即将在精疲力竭中倒下,母象突然纵身一跳,跃入潭中,潭水涨起来了,小象们终于得救了,而母象却永远留在了潭中。一个多么悲壮凄美的故事!让母爱这个充满温暖的字眼以震撼人心的方式展现在人们的面前!

有时候我想:母爱到底是什么?是母象跳潭的壮举,还是母亲结满厚茧的手轻轻地抚摸?是母亲无可奈何的责骂,还是母亲默无声息的付出?或是别的更多形式的表现。

小时候,我总觉得母亲不爱我,对我要求过于严苛。由于子女多,劳累的母亲总不免给我们这些不更世事的孩子斥责与打骂。一个夏夜的晚上,晚饭后,只有七岁的我主动去洗碗刷锅,因为个子太小,我够不着锅台,就站在凳子上洗。不一会儿母亲走过来,我满以为她会夸我懂事、能干,正美滋滋等着夸赞,没想到,听到的却是厉声批评:"筷子头放倒了,赶快把它反过来!"做了事情没受表扬,反倒挨训!我极委屈地僵在原地拒绝母亲的指正。母亲被我的敌对情绪惹恼了,又狠批我几句。我憋了半晌的气,从嘴里吐出"就不"两个字来。母亲更恼了,拿起刷锅的篾把敲我的头。她每敲一下,我都执拗地吐出一个"就"字。不知打了多少下,我的头皮麻了,鼓起一个大包。我终于忍不住求饶说"我不'就'了"。

事后,我哭了许久,又联想起大人们逗笑时说我是从草堆巷捡来的言辞,愈加认为母亲不爱我。在愤懑和失落的哭声中,我不知不觉睡着了。那夜我做了个噩梦,梦见我来到了村外的草堆巷,一群野狗凶狠地追着我狂吠。我哭着、喊着、奔跑着,母亲就在前方,怎么也追不上,任凭怎么喊,她也不回头……一觉醒来,太阳已升得老高,无数道金光穿过院落浓密的泡桐树缝隙洒落在我身上。我下意识地弹跳起来,早该去放鹅了!以前这个时候母亲早就把我叫醒,今天为什么没喊我去放鹅呢?正纳闷,却见母亲赶着一群鹅回来了。我更是失落,心想母亲是真的不爱我了,连鹅都不要我放了,便忍不住大哭起来。父亲走过来,一边帮我擦泪,一边说:"乖女儿,快别哭了,昨夜你梦里哭闹,你母亲摸着你头上的包直流眼泪,为你赶了一夜蚊子,几乎没合眼,你就别再让她难受了!"我琢磨着父亲的话,又看看越走越近的母亲,她双眼红肿,面容憔悴。我的哭声戛然而止,转而又破涕为笑了,心里竟然美美的,原来母亲也心疼我呢!

印象中,我家的日子一直紧巴巴的。穷家不好当啊!而母亲从我出生时就成了名副其实的当家人。那时,姐姐六岁,哥哥四岁,我嗷嗷待哺。父亲没有兄弟,且是个多一事不如少一事的老好人,在那个尚靠拳头把子说话的农村,母亲只好抛头露面,协调方方面面的关系。抢水、抢牛,这些男人做的活儿,母亲毅然扛了起来。晚上，她和父亲饿着肚子，在共同养牛的人家蹲守，协商几个小时，获得用牛权，赢得了最佳耕种时间；得知第二天放水，她就半夜登门，从势力大的人家请求调水灌溉。母亲和父亲总是忙忙碌碌，他们起早贪黑地干活，累得面黄肌瘦，可是到年底却不能买一包"狗屎糖"给我们吃。后来又有了我弟弟，家里的生活更是艰难，甚至连家产的鸡蛋也要拿到集市上换钱。

尽管十分拮据，母亲依然决定让我们读书，女孩也不例外。她说，不管男女，只要你们念得下书，就是砸锅卖铁都给你们念！村里许多和我年龄相仿的女孩就没有我幸运，她们的父母或者不让她们读书，或者只让读个两年识些字，便回家干农活。曾经有人当着母亲的面说：你家小三子（我小名）让她上学干吗！一个女孩子，长大了还不是人家的人？再说了，不念书多少也能帮你干点活吧！母亲笑答：我家小三子啊，喜欢念书，我就让她念！

这些，我是从父亲口中知道的，母亲从未当我面提起过。

我想，母爱或许就是这样，可以惊天动地展现，也可以悄无声息流露，但无论怎样，它都给人以心灵深处的震撼！

多年以后，母亲红肿的双眼、黄瘦的面容还时常在我脑海浮现……

（写于2006年初）

妈妈叫我"宝贝"

正月十六是妈妈的生日。元宵节这天，我们都在家，就提前给她过了。生日宴会简朴而温馨：一个蛋糕，一家人，一首《生日快乐》，一片暖暖的烛光。虽然没有什么特殊的礼物，妈妈却开心得不得了，眼睛笑成了一条线。

第二天是妈妈真正的生日，早上一起床，我就打电话祝她生日快乐。妈妈幸福地应着，连声说"宝贝快乐"。我心里猛地一震，"宝贝"？三十多年来我第一次听到妈妈叫我"宝贝"！我幸福得快晕了，这种幸福感是妈妈传递给我的！我清楚地感觉到，电话那头，母亲的话语里充盈着满满的甜蜜。我的一声电话祝福，竟让她老人家快乐如斯！

记得小时候，妈妈一直唤我的乳名"小三子"(我在家中排行老三)；上高中后，她才开始叫我的学名。从记事起，我从没听到她叫我"宝贝"。或许，当年把我抱在怀里的时候，她也曾"乖"呀、"宝"地疼过，可那时太小，什么也记不清。如今，在我已为人母的时候，妈妈叫我"宝贝"，实在是出乎我的意料！这种慈爱，不禁令我想到人们常说的一句话：人无论长多大，在父母眼里永远都是孩子。是的，我是妈妈的宝贝，不管我长多大，她都能以一颗慈爱的心来对我。而作为子女的我们，表现截然不同。仅仅在小时候，需要妈妈的呵护和关爱时，才当她是宝贝。稍稍长大，翅膀硬了，就像高飞的风筝一心想挣脱攥在妈妈手中的线，去寻找自己想要的自由。如果妈妈不放心，牵着线不舍得放，我们这些不懂事的小"风筝"，就会嫌她烦人，会争吵，会反抗，甚至做出滑稽可笑、不讲道理的事来。

不仅如此，对于父母的付出和关爱我们总是那么习以为常，对父母的爱，我们也极少心生感恩。父母烧煮一日三餐，我们习惯了；父母浆洗缝补，我们习惯了；父母铺床晒被，我们习惯了；父母操心挂念，我们也习惯了。直到有一天失去这些已经习以为常的待遇时，我们才猛然觉得，原来没有父母的精心打理，我们的生活是多么的糟糕，多么的不习惯！

对此，我是深有感受的。虽然成了家，由于住得远，每天中午，我都在母亲那儿吃饭。我亲切地称那儿是我的"老饭店"。而妈妈则是这个老饭店的超级大厨，她每天变着花样烧不同的菜给我吃。下班回到家，妈妈已把菜做好，热腾腾地摆在桌子上，爸爸则忙着准备碗筷，为我盛汤。冬天晴好的日子，我饭碗一丢，妈妈就忙不迭地把晒在外面的被子收回来，放到床上。被子暖融融的，一股阳光的味道钻入我的鼻腔，好闻又舒适。我被父母无私的爱包裹着，仿佛自己就是一个备受宠爱的公主。倘若突然接到我不回去吃饭的消息，电话那头的妈妈总会很失落，念念有词地叹息：哎呀，那怎么办啊，我特地烧了猪肚汤，还有酸菜鱼……电话这头的我，则轻描淡写地安慰道：妈，这些好吃的，你们自己多吃点吧。其实，我心里明白，有的菜是妈妈专门为我做的，他们并不喜欢吃。就这样，日复一日，年复一年，我恣意享受着父母的爱，从没觉得有什么特别。

有段时间，妈妈带着小侄子去弟弟那儿小住。我骤然感到工作和生活乱了套，所有的节奏都紧张起来，一环跟不上一环。中午要提前走，急匆匆回去烧饭做菜，还要爸爸帮忙择菜、洗菜，才能紧巴巴赶在十二点半把菜做好。早就放了学的小侄女，已经饿得直吞口水。要是妈妈在家，我们此时已经在享受美味了。而当下我们还在忙得团团转呢！一连几天下来，我切身体会到妈妈的不易。她整个上午，洗衣、买菜、做饭还要带小孩，必须得像个不停旋转的陀螺，才能赶在我下班的时候呈现出一桌香喷喷的饭菜。即便如此，妈妈从未在我面前说过一声苦，喊过一声累，总是笑眯眯地劝我多吃点。

一日中午，我请一位好友到父母处做客。饭后，她悄悄地对我说：你们家好温暖，叔叔阿姨对你真好，你好幸福啊！说话间，眼里满是羡慕。好友的父亲早逝，母亲身居外地，极少感受到父母的爱。两相对比，我这才意识到，我所拥有的来自父母的关爱，不是每个人都能享受得到的。正如好友所说，我真的好幸福！

幸福之余，我也在反思：成人子女何时能真正把父母当"宝贝"呢？事实上，不仅当宝贝的少，有的还被当成了累赘。时而能看到子女不养父母的报道；不时有这样的事例：父母躺在病床上，子女不商量怎么救治，而是当着父母的面争吵谁来承担医药费，谁能分多少财产；也时而看到父母为了获得子女探视而诉上公堂的案例。当然子女孝顺的也有，这本是人之常情，如今却成了新闻。再想想我自己，理所当然地享受父母的恩惠，反过来又给了父母什么呢？平心而论，真说不出个所以然来。总因为"工作忙"这个冠冕堂皇的理由，我极少帮父母做家务；总因为这样那样的缘由，我至今没有带父母游过一次山，玩过一次水。仅仅是每逢节日，给父母买一两件衣物，或是一双鞋子，他们都高兴得不得了，见人就夸，说这是丫头买的。父母为我们的付出从不求回报,相反,我们仅为父母做一点点,哪怕是尽一点小小的心意,他们都很感动。这就是天下父母心!像海一样宽广,像天一样辽阔,像阳光一样无私!

谁言寸草心,报得三春晖!一个强烈的声音从我的内心迸发出来:妈妈,您也是我的"宝贝"啊!

(写于2014年春)

你是我的耳朵

和先生结婚后不久,就发现婆婆对公公讲话总是不客气,很大声,甚至带点吼的味道。儿子小的时候对奶奶的做法颇有意见,不满地对我婆婆抗议:奶奶,你不能对爷爷这么凶,他可是残疾人哎!

此话不假,公公的残疾落在耳朵上。听婆婆说,公公25岁时患了肺脓肿,咳得几乎要断气。因无钱医治,遂找到在芜湖某医院工作的亲戚,得到确诊并治疗。由于疗期较长,家里农活丢不开,公公只得自己学会注射,两天后便带着药和针管草草出院了。他自己给自己配药,自己给自己打针。治疗的药物对听力有很大伤害,稍有过量就会导致耳聋,公公从此落下耳疾。幸运的是还有轻微的听力,公公能根据这轻微的听力,结合口形辨猜别人的话。这样很累,也经常闹笑话。有一次我打电话,公公接的,先把我当成他孙子,后又把我当成他二闺女。还有一次变天了,我们说"起大风了",公公听了好几遍,自语了一句:噢,路修通了。我和婆婆都忍不住笑起来。公公不明就里,也跟着笑。为了能交流顺畅,我有时把要讲的话写在纸上给他看。当然还有更直接的方法，就是请婆婆当翻译。说来也怪，只有婆婆讲话，公公能听明白十之八九，他的耳朵仿佛对婆婆的声音、语调和频率，有特殊的感应力。我想，这应该是几十年来形成的默契吧。在沟通交流上公公依仗婆婆，别人说话，他听不明白，就一脸茫然地瞅着婆婆，等她转述。我非常钦佩婆婆的耐心，为了把一件事讲清楚，她常常不厌其烦地重复一句话，少则一两遍，多则四五遍。平缓的语调听不到，就提高一点，再听不到，又提高一点，这样越来越大声，以至于儿子以为奶奶在对爷爷发火。偶尔，婆婆也有急躁的时候，在忙碌的情况下，如果公公问这问那，讲过三遍还听不到，婆婆就会着急地说一句："老讲听不到，还非要问。"便自顾自忙去了。每当这时，公公总木木地杵在那儿，搓搓手，然后回到沙发上读书看报去了。

2015年的腊月，公公生病住院。医生在做检查时，询问病情，交流起来很是费劲。医生一连问了几遍："一阵一阵疼，还是游走着疼"，公公总是答非所问。我急得把问题写在纸上让公公看，就在这时婆婆赶过来把问题重复了两遍，公公很快会意，给出了准确答案。所有的检查结束，医生做出手术治疗的决定，但告知我们公公的心脏不好，风险很大，术中可能会出现心脏骤停。这太吓人了！我们七嘴八舌讨论着，谁也不敢签字。公公早已被推进了手术室，只要这边字一签，那边就手术。婆婆瘫坐在等候区的椅子上，喘着粗气，双目无华，神情麻木，一副大难临头的样子。之前，麻醉师在陈述风险的时候，婆婆只不停地重复着一句话：我家人，从家里出来是自己从五楼走下来的，不能在你们这就搞不能动了啊，这手术我不想做了！这种情形下，院方不敢坚持手术，急诊科和麻醉科的主任进行了会诊，决定先保守治疗。这个英明的决定，让我们一家悬着的心都放了下来。住院的第三天，我和先生到病房值守，公公对我们说，"不做手术好啊，要是手术，我现在肯定不在这，早就送火葬场了。"原来公公对手术的风险心里是相当清楚的。准备手术前，他默默地流泪了，这是我嫁过来十几年，第一次看到公公流泪。当时，我先生出差，正从北京往回赶。公公一再坚持等他的大儿子（先生的哥哥）到才能手术。他单独对婆婆说："我这一去，可能下不了手术台，一个儿子都不在跟前怎么行！"这话听起来叫人揪心，这也是婆婆不同意手术的原因。她知道公公不想做这个手术。婆婆后来问公公，为什么不讲"不做手术"。公公无奈地答：医生说要做手术，我要是不做，那不是为难孩子们么？婆婆责怪公公："哎，你呀，我是看出了你的心思，一提到手术，我就心堵，透不过气来。"

  公公听力不济，总是让婆婆挂心。前几年，婆婆在我这带孩子，公公在老家守着几亩地。每天晚上她都要给公公打电话。内容大都是关心、问候和一些需要交代的家长里短。电话定时拨打，估摸着要到点了，公公就在电话机旁守着。如偶尔错过了点，公公就会拨过来。这可是每天相当重要的必修课，来不得半点马虎。公公和我们一起住后，十分羡慕婆婆用上了手机，也想拥有一部。起初，我和先生认为没那个必要，毕竟他听力不好。后来婆婆私下说：给你爸办个手机吧，有时候我接伢放学回来，发现他不在家，根本就不知道去哪儿了。我和先生相视一笑，原来这是二老早就商量好的啊！公公有了手机后，没事就在上面捣鼓，那样子就像孩童得到了心仪的玩具。这手机公公宝贝着呢，形影不离，随身携带。虽然来电他大多听不到，但有了手机就有了感觉，一种时刻与外界保持联系的感觉。公公偶尔能接到的电话几乎都是婆婆打的，他有时也给婆婆打电话。老家有人来电话，总是婆婆先帮他接，告诉他是谁，再让公公接。这种联系的畅通，让公公对手机更加看重，对婆婆更加依仗。

  去年暑假出去旅游，公公学会了用手机拍照，每到一处景点就拿出手机"咔嚓、咔嚓"地拍。一位白发老翁，拿着智能手机"咔咔"拍照，直引得众人啧啧叹赏！回来后，公公经常拿出手机翻看照片，情不自禁地一个人乐。在公公住院的时候，婆婆特地把他的手机带上。治疗的空隙，公公就拿出手机看自己拍的照片，看着看着就忍不住笑起来。

手机真的给公公带来许多快乐！耳聋的人更需要与外界沟通和交流，才不会有孤独感。我们有时恰恰忽视了这些，而婆婆知道公公想要什么，只有她才能听懂公公的心声。

（写于2016年春）

没有玫瑰的情人节

情人节的晚上，天下着雨，先生下班回家，一进门就掂着个皱巴巴、溅满泥水的方便袋，喜滋滋地冲我笑。我只瞥了他一眼，就知道这个特殊的节日，我又不会收到玫瑰了，更确切地说是不可能收到一朵鲜花了！难道他下午电话里的一声节日问候就算应付这个日子了？

虽然不送花给我是先生过情人节的惯用手法，但其他礼物多少还是有的。谈恋爱的时候过这样的节日，先生给我的感觉就比较特殊。每当一对对有情人相互以玫瑰为主的鲜花表达浓情蜜意时，他却若无其事地带我在街上转，忙碌的花店和浮动的花香，丝毫没有勾起他购买的欲望。转累了，他请我吃大排档。那种临时搭建的红房子是他最喜欢的。当我因没收到玫瑰而心生失落时，他会在一边逗笑说：你看这红房子不就是一朵大大的玫瑰吗，我们在里面成了花心，多温馨啊，一切情意都在这里跑不掉了。闻听此话，我只好无奈地笑。饭后，又是漫不经心地逛街，当失落再次充斥我心头时，他会突然掏出个小礼物塞到我手里。虽然没有玫瑰，但是红房子和小礼物还是让我真切地感受到了他的一番心意。可是这次他怎么会忘了呢？我心里正纳闷着，却见先生又掂起方便袋说："猜猜是什么？"我不屑地瞥了一眼，摇着头，实在不能从不起眼的方便袋上猜出什么好东西来，便接过它随手往地板上一撂，就忙去了。当我忙完家务坐在书桌前开始工作时，先生走过来，恭恭敬敬地递上两本书，轻声说："节日快乐！"我欣喜地接过书——《古文观止》（上下册）。太好了！这可是我一直想要的。我捧着书，一下子从椅子上跳起来，开心地直说"谢谢"。先生见我高兴得像个孩子，咧着嘴逗乐道："就装在方便袋里，刚才还差点没送出去呢！"瞅着他憨傻的笑脸，我突然冒出一句："为什么这么多年情人节你都不送我玫瑰？"先生仍笑着："为什么一定要送呢？玫瑰是缺乏保质期的。"他的语气平静但透出些许坚定。

我默然，此刻，许多和先生相处时的回忆在脑海浮现。刚和他恋爱不久，我眼睛生病了。由于家里人忙，无法全天照顾我，先生特地从外地请假赶回，在病床前日夜守候着我。因为担心术后失明，我时常暗自垂泪，而流泪对我的眼睛是致命的伤害！那时，先生总是想着法儿用幽默风趣的语言逗我开心，还用录音机天天放歌给我听，并且布下任务要求我一天至少学会两首歌。身负学歌重任的我几无空暇想心事，情绪逐渐好转起来，和医生的配合也相当默契，很快便出院了。四个月漫长的恢复期里，一想起眼睛今后可能会出现的最坏结果，生活就变得淡然无趣。那段时间我彻底失去了和先生继续相处的信心。终于，我鼓起勇气写了长长的一封信向先生细说了我眼睛的种种隐患，还慎重告诉他，如果娶我，极有可能会和一个瞎眼婆过一辈子。很快先生便打来电话说我眼睛的种种状况其实他早就从医生那里知道了，没什么可怕的，并劝我只要心情好，多往好处想，一切美好的结局都会有的。事实证明先生是对的，我不仅重新看清了这大千世界，而且有了心仪的工作，美满的婚姻，可爱的孩子……一切都在向好的方向发展。这些都得益于先生不离不弃的支持。

  我思绪万千想着先生的种种，心不在焉地翻开他送我的《古文观止》，一股书香袭来。先生一直是个性格内敛、不善张扬的人。他不喜欢形式化的东西，凡事都讲求个"质"字，对于感情，也是如此。就如这书，不声不响却内涵深厚，只有用心去读，才能领会其中真意。我手捧着书，心头涌过一阵暖意，犹如涓涓温泉流淌而过。

  在情人节这个特殊的节日，虽无甜言蜜语，虽无鲜花簇拥，虽无玫瑰传情，对我来说却不失为一个芬芳四溢的日子！

（写于2005年春）

秋凉了

早晨去上班,天空灰蒙蒙的,依然冷雨霏霏。这深秋的眼泪究竟连绵了多少时日,已经记不清了。路面上到处都是枯黄的落叶,湿漉漉的,寂寥地躺着,寻不见丝毫昔日的生机。被脚踩踏过的,紧紧贴在地上,仿佛是对大地深深的眷恋。清洁工吃力地挥动扫把,也难以动摇它们的痴情。一阵风袭来,又有落叶飘零。这些失去生命色彩的物体,飘坠时的落寞与凄凉,不禁让人产生了对于绿色的怀念与渴望。

来到办公室,只见同事伫立窗前,静静地发呆。秋风秋雨愁煞人啊!难道开朗的他,心绪也被这秋风吹凉,秋雨淋湿?

"早啊!"见我进来,他一如往日响亮而热情地招呼。我的疑惑随着这声招呼而烟消云散。我像往常一样开始一天忙碌而愉快的工作。几乎没有在意他何时回到了座位上,而且戴上耳麦在听网上音乐。自从他的母亲去世后,他就总喜欢在网上听音乐,而且经常跟随着浅吟低唱。可是今天怎么一点声音都没有呢。我起身倒茶时随口问道:怎么不唱出声啊?他没有回答。当走过他身边时,我隐约听到啜泣声。这才诧异地发现：他的眼里噙满泪水，桌子上已经湿了一片。我慌了，忙问：怎么了，有什么不开心的事么？他不作声，继续抽泣，眼睛死盯着电脑屏幕一动不动。我凑近一看，上面显示的歌曲名是：母亲。耳麦里缓缓地流淌出罗大佑低沉、哀婉的歌声。我一下子全明白了，不知所措地默默走开，呆呆地站在座位旁不晓得该说什么，该做什么。倒是他不停耸动的双肩提醒我，唯一能做的就是递上两块纸帕……

他的母亲是在夏日因病离去的。当时，他哭得天昏地暗，没人能够劝服。是啊，母亲是最疼他、最爱他的。他结婚还不到一年，母亲就患了重病，几乎没有过上一天舒坦日子，几乎没有享过他一天的福。这怎能不让他悲痛欲绝呢！我随单位领导去看望的那天，他守在母亲的灵柩前，整个人消瘦憔悴得如同败了色的花叶，嘶哑的嗓子说话也显得有气无力。我无法知晓他对母亲的爱有多深，只知道母亲病重期间，他整宿整宿地陪侍床前，不敢眨眼，生怕稍有闪失而增加母亲的病痛。母亲刚刚离去的那段日子，他常常在办公室里发呆，多数时候眼睛定定地瞅着一个地方不转。那时，我真的怕他会因为过度悲伤而积郁成疾。事实上，他是一个硬汉子，最终还是挺过来了。

可是今天，真的是这多情的秋雨滋长了他的哀思么？

许久，他才缓缓地回过头来对我说："秋凉了，以往的这个时候妈妈总会打电话来提醒我：天凉了，要多穿衣服啊！今年的秋天，我听不到了，以后再也不会听到了。"说着，他又哽咽起来。不知怎的，忽然间我觉得自己的鼻子也酸酸的，泪水毫无商量地奔涌而出。

片刻的沉寂之后，他猛吸了一下鼻子，神情极其慎重地问我："你的父母身体还好吧？"我说："还好。"他深深地舒了口气，连声道："那就好！那就好！"并再三叮嘱我一定要注意父母亲的身体健康，尽量让他们安享晚年。我连连点头，似乎在听兄长的教导。

的确，自从他母亲生病以来，他真的成熟了许多，好像突然间就悟出了深刻的人生道理。以前，他经常在外面吃饭、喝酒，现在，对应酬的兴趣似乎越来越淡了，总是抽出时间回家与孤独的父亲共进午餐，陪他聊聊天。以前，母亲在电话里嘘寒问暖，他总是不以为然，有时还嫌母亲唠叨。而现在，降温了他会主动打电话叫父亲多加衣服；下雨了，他会说：爸，关好门窗，小心着凉……这些都是以前不曾有过的，现在却真实而自然地从他的言行中流淌而出。

他真的是变了，不再是那个毛毛愣愣的小伙子了，变得让人觉得既陌生又亲切。经历了人生风雨的打磨，他已由生铁磨炼成了一块好钢。这种变化随着岁月的流逝，潜移默化着。就好像树叶在由绿转黄的痛苦历程中，树增加了一圈年轮，变得越来越粗壮、挺拔一样，一切都是那么的自然而悄无声息。

蓦然回首，已过了秋凉时分。又是一年春秋交替，寒暑易节。我们的生命，就是在这样漫不经心的变化中悄然成熟。

（写于2006年秋）

身为母亲

　　爱应该怎样？我不太能够一语中的。但是，身为一个母亲我体味到了由爱而生的亏欠感，或是更多别的反思。

　　那是一个下午，我把三岁多的儿子从幼儿园接到办公室，然后匆匆到楼上去落实一个宣传事项。孩子随即追出办公室，我回头一声断喝：回去，妈妈马上回来。小家伙立刻把头缩了回去。在孩子面前我轻易就树立了威信。我尽可放心地去办事了。这一办竟然就过去了半个小时。

　　当我急忙下楼，奔向办公室时，儿子正站在窗口的椅子上，探头向外看。听到我的声音，他立即爬下椅子奔过来，委屈地低声责问：妈妈，你怎么好长时间才回来呀？话没说完，已有亮闪闪的东西在他眼里打转。我一把抱起儿子，想哄哄他。儿子似乎不领情，继续向我倾诉，说他刚才扒窗子了，想看看奶奶有没有来。此时，我才猛然意识到办公室的窗子都是开着的，而且窗子边放着箱子，孩子完全可以通过它爬上窗台！我的心立即像被鞭子抽了似的紧缩一下。我三两步奔到窗前，下意识地往下看，窗子外面布满了电线，往下约6米处是硬邦邦的水泥地。我不觉倒吸了一口凉气。刚才，孩子要是有什么闪失，我该如何是好啊！我抱紧儿子，在他写满委屈的小脸上亲了又亲，以求安慰。可毕竟是心里最柔软、最脆弱的部分被触动了，我执拗地不肯原谅自己的粗心大意，心中的某个地方总感觉是悬着的，很不踏实。我有些懊恼。这种情绪一直延续到晚上，直到带儿子去逛超市，买了他喜欢吃的东西，然后看他心情愉悦地睡去，才稍稍消褪。灯光下，瞅着儿子熟睡的脸，回想起白天他那双盈满泪水的眼睛，我的心又像被掏空了似的悬起来。孩子的爸爸出差了，奶奶回去农忙了，孩子完全交给我才一天，就差点成了一个不合格的母亲。我无声地搂紧儿子，生怕一松手就会失去……

第二天，依然是忙碌的一天，依然是我一个人带儿子体验生活。上午要下乡，我火急火燎地将儿子送到学校，便随车下乡。一路奔波，采访结束时已是中午11点，午餐在采访地就地解决。好在儿子中午在学校就餐，我没有后顾之忧。饭后赶回县城已一点多钟，就直接回到办公室，打个盹，便到了上班时间。我忙着赶出上午的采访稿件，接着忙昨日未尽的宣传版面。校对文字、补充、更改照片，送给被宣传方审版等一系列事宜，忙得让人晕头转向。四点钟时，我在电脑前筛选照片，瞥了一眼时间：接孩子还有半个小时。继续埋头工作，匆忙间我竟把这事忘了！直到五点多钟，我正在校对版面时，忽地听到走廊上有孩子的声音，才猛地想起接他的事。我飞一般地冲出去，到了学校，发现儿子正可怜巴巴地靠在门边向外张望，当时班里只剩下他一个学生。我的心又紧了一下：我又大意了！瞬间便滋生了一种怏怏的不快，似乎有什么东西堵在胸口。

陡然间，我想起了母亲曾和我说过的一件事。大约是在我两周岁时，一天下午，父母都在地里忙活，我独自一人睡在家里，不幸突发急性肺炎。赶巧，一位大娘到我家借农具发现我呼吸急促，发着高烧，才救了我。我被奶奶送到了乡卫生院救治，医生说要是迟来几分钟我就没命了。虽然后来我平安无事，母亲对此却一直耿耿于怀，说没有照顾好我，让我吃了亏。其实，我一点都不怪母亲。当时分田到户不久，父母要养活三个孩子很不易，再说，我很快就完全康复了，身心没有受到任何影响。然而，二十多年过去了，我已由婴儿成长为大人并有了自己的孩子，母亲每每提起此事，还是不肯原谅自己。

　　一切恍若昨日。如今，我竟也体味了母亲的这种心境。

　　日子一天天过去，脚步依旧匆匆。生活一如往日忙碌而丰富，其中，包含着身为一个母亲难以排遣的心绪。

（写于2006年5月）

儿子的担忧

  我童年的时候，父母为了养活一大家子，整天奔波劳碌，实在没时间顾及我们。即便在外面玩耍也最好不要惹事，否则被父母知道了，是绝对没有好果子吃的。哪怕是不小心在外面受了伤什么的也不敢说，因为说了就免不了一顿责骂，甚至要吃皮肉之苦。这不是父母不近人情，而是生活的重担压得他们心力交瘁，实在不愿我们这些顽皮的孩子再带来什么麻烦。

  那是20世纪80年代初的时候，我家准备造房子，请人到山上炸石头砌墙（那会儿，我们那儿盖房流行用大块的山石垒砌约1米高的墙根，然后才用砖砌，这样既气派又省钱）。那天家里请了十几个人，十分忙碌。父亲一大早就和我们兄妹几个打招呼说家里忙，在外面玩耍老实，不准惹事。到了吃饭的时候，家里摆了好几桌。院子里择菜的、洗菜的、烧菜的、端菜的，人们忙得就像走马灯似的。我们这些小孩子啥事也不能干，生怕一不小心误了大人的事挨训斥，早就躲得远远的了。

  就在离我家不远处的一个石头墙围砌的敞院里，许多小孩在里面戏耍。我一溜烟奔过去，打算跟他们一起玩。又忽然记起父亲的交代，一下子就黯然了，只好呆呆地靠在石头墙上，眼巴巴看着别人玩。那些停放在院子里拉石头的板车，正好成了孩子们的新型"武器"。几个玩耍的孩子想出一个新招：让其中一个人坐在车上，其他几个一起推，推到半途突然撒手，让车子在惯性作用下自由狂奔，这种无人驾驶的半自动化乘车新方式，极大地刺激着孩子们天真的童趣，欢呼声此起彼伏！我正看得出神，突然一辆板车从对面冲过来，车把直直地撞在石头墙上。我那可怜的右手扶在石头墙上，正好被挤压在车把和石墙之间，只听"咔嚓"一声，被砸中的手指骨头碎了，皮开肉绽，鲜血顿时顺着石头墙流下来。在惊恐和剧痛的双重作用下，我号啕大哭着奔回家，一头扎进里屋不敢出来。可是怕什么却偏是遇着什么。父亲恰好到里屋拿东西，看到我这副模样，忙红了眼的他，什么都没问，劈头盖脸就是一顿打。一边打，一边还愤怒地吼道：叫你不要匪玩，你怎搞就不听！我被打得趔趄着，委屈加钻心的疼痛让我哭得差点背过了气，耳朵嗡嗡作响。奶奶听到了哭声赶紧进来，一把将我揽到怀里，撕一块花布把我的伤指包扎起来，血很快透过花布流了出来，奶奶拿来一个酒杯接着，大约接了大半酒杯，血终于不再往下滴了，我也哭累了，迷迷糊糊地睡着了。

　　那时医疗条件差，附近没有医务室，最近的赤脚医生离这儿都有七八里地，在家里那么忙的情况下根本不可能就医。伤指就这样慢慢地自我恢复。由于没经过任何治疗，我右手的无名指和小指与正常的都不一样，小指特别明显，总是倔强地弓着，任凭怎么拉都伸不直。长大成人后，每每提及此事，父亲总是深深地自责。而我并不怪父亲，那时候在农村，像父亲这样只有弟兄一人的，想做点事不容易，特别像盖房子这样的大事，是万万不能出岔子的。而我帮不上忙，却忙中添了乱。

因为怕父亲难过，这件事我极少提起。一日午饭时，因为儿子吃饭慢，我和他击掌比赛看谁吃得快，公公发现了我手指的"秘密"，询问缘由，我才说了这段往事。没想到在儿子6岁的心灵上留下了阴影。他惶恐地说："妈妈，我怕我的手也会淌血，伸不直。""你们现在多幸福啊！整天生活在蜜罐里，才不会像你爸爸妈妈那样苦呢！"婆婆接过话茬，安慰儿子。

　　是啊，儿子现在的生活条件比我们小时候不知好了多少倍呢！他的手脱了一点皮，就捂着手朝奶奶直叫：疼死了，快拿创可贴！于是奶奶就忙不迭地去取创可贴，又忙不迭地给他贴上。有时候，夸张到一家人都上来嘘寒问暖。而我们呢，小时候在外面受了伤，是绝不敢告诉大人的。小伤，能忍的就忍了；大伤，遮不住的，被大人发现了，只能自认倒霉。哪像儿子现在不管在何时何地受了伤，只要小喇叭一吹（张嘴哭），包括我在内的"保护神"们就会立即奔过去。要是出现我那种情况，早就送医院了。而且因为交通的便捷，丝毫不会耽搁。我羡慕儿子生在了一个好时代。他们充分享受到了社会发展进步的优秀成果。所以儿子的担忧完全是多余的。而我的心里却隐隐地泛起了一丝忧虑：生活的磨砺，使我们这代人对挫折、苦难和伤害，具备了一定的承受力，儿子他们呢？他们这一代尝尽了甘甜，知道苦是什么滋味么？

　　又一转念，我忽地想起了杞人，总是担心天会塌下来，不由地笑了。杞人忧天，我忧未来。未来和天一样是不可尽知的。社会总是在不断地发展进步，人也在不断地发展变化。或许，我的担忧也像儿子的一样，只是多余。

（写于2009年11月）

不做"虎妈"

自古以来,"严父慈母"似乎成了中国家庭教育的经典法则。在家庭中,母亲的形象总是慈善而温柔的。古语有"子不教,父之过"。可见父亲是教育子女的主导力量,而母亲则以操持家务为主。然而,新社会提倡男女平等,女同志开始走出蜗居之室,在社会各行各业中崭露头角,成了生产建设一线上的靓丽风景。在家庭中,女同志也自然而然地承担起教育子女的重任。于是"严母""虎妈"之类的词也屡见不鲜。特别是最近,以严厉管教著称的美国"虎妈"蔡美儿的高压教育更是引起不小的震动。有人效仿,有人痛批。不管怎么着,"虎妈"的大名一夜之间传遍了大街小巷。

有人说:"好孩子是夸出来的。"有人说:"孩子不打不成材。"有人说:"教育孩子顺其自然才是最好的。"面对纷繁的教育方式,我真的有些困惑。但"虎妈式"教育却始终在我的选择之外。我一直相信孩子是有尊严的,而且有着超强的自尊心。这种对自尊的敏感到了近乎脆弱的程度。记得儿子五岁的时候,我曾因他平时熟练的数学题没有算出,而厉声斥责:"这么笨!"此言一出,儿子就成了霜打的茄子,双目无神,涕泪横流,而且越哭越伤心。我意识到我的话深深刺痛了他的自尊心,于是俯身安慰。许久,才平复了他的低落情绪。事后,他还疑惑不解地问:"妈妈,我是不是真的很笨啊?"我心头一紧,一句指责,竟给孩子输送了如此不良的信号!由此我想,如果一味地严厉批评,动辄打骂,对孩子的心理发育定然有着很坏的影响。经常打骂给孩子输入的最大负面信号就是:我不行,我不是个好孩子。这样就会折了孩子的尊严,挫了孩子的自信,损了孩子的人格。容易让孩子变得自卑、懦弱、没有主见。

当然,在孩子成长的过程中需要严格,没有规矩不成方圆,不严格要求,不千锤百炼,顽石怎能修成宝玉,又怎能雕琢成器呢!然而,孩子总归是孩子,他们是鲜花、是嫩苗,只有精心培育、细心呵护,才能开得更艳,长得更壮!所以孩子的成长更需要鼓励和表扬。鼓励和表扬就像阳光和雨露,温暖身体,滋养心灵!严冬可以历练小苗的承受能力,而阳光和雨露才能让小苗茁壮成长!我深谙其中的道理,因此一直不愿做"虎妈"。

有一次儿子的语文考砸了,从我进门时起,他就一直没有出声。以前我一到家,他总是小鸟一般从房间里蹦出来,快乐地喊着"妈妈好",奔到门口迎接。可这回,斯文得很,一点动静都没有。还没等我问,婆婆就说:他把卷子放在桌子上,等着你看过后打他呢!我始终没有说话,直到看到他的卷子上那些不该错的字都被画上了大红叉叉,就忍不住把他叫了出来。儿子神情黯然,缓缓地挪动着脚步,几乎是移到我跟前的。看着他犯了错后的可怜样儿,我不禁心疼起来。可是毕竟有许多不该错的地方错了,不能轻易原谅!我正色厉声道:"为什么等着妈妈打啊?""我语文没考好。"儿子低声回答,还怯生生地瞟了我一眼,以为我会打他。我问:"知道错在哪儿么?""知道。"他小声地回答,依然低着头。"知道就好,赶紧去订正吧。"儿子抬头看了我一眼,似乎不相信我的话。"去订正啊!"我又示意一下,他才将信将疑地离开。看样子,他是真的以为我会狠狠揍他一顿呢!

曾经我对孩子也很严,晾衣架打手、搓衣板罚跪之类的体罚也是有的。可今天晚上,我一看他的试卷就知道要大把的时间订正,仅重写作文一项至少得半个小时,所以不想因为惩罚耗费太多时间。如我所料,儿子写完所有作业后,已经十一点了。一个三年级的小学生,做功课到这个点,在我的印象里是不多见的。如果我是个"虎妈",揍他一顿,他再哭上一阵子,估计得十二点才能结束作业吧。我想打的目的,无非是让他认识错误,改正错误。既然不打也可以达到这样的目的,又何必劳心费力去打呢?

第二天早上,婆婆悄悄告诉我,因为没有被打,儿子很感动,说"下次一定要考好,不让妈妈生气"。

那一刻,我很欣慰:不做"虎妈"真值啊!

(写于2011年秋)

家有小儿初长成

总是喜欢把儿子生活中的点滴进步记录下来，名曰"成长语录"。从他出生到现在已记了快三个本子。所记内容中7岁之前的多一些，因为这是人们常说的小孩最好玩的时候。这个时期的他，时常会有许多惊人之语，会在意想不到的情况下，把人逗得乐翻天！然而，随着孩子年龄的增长，我看待他就不自觉地戴上了有色眼镜，更多的是关注学习怎么样，至于可爱的那一面早就在不知不觉中被过滤掉了。其实，孩子还是那个可爱的孩子，那份宝贵的童真依然存在，那种孩子气的鬼精灵还一如当初。

真心希望天下的父母都能珍惜和孩子的每一次相处，留意他（她）的每一个变化，为他（她）的每一次成长而喝彩。再有一个月，儿子就10周岁了，特整理两事成文，以此作为献给他的生日礼物。

"我有QQ了"

这天下午快下班的时候接到儿子的电话，兴致勃勃地说要告诉我一个秘密。我心中甚喜：儿子还是跟妈亲啊！于是，很期待地侧耳倾听。小家伙极其神秘地对我说："妈妈，我有QQ号了！"语气中满是喜悦。"真的啊！"我惊讶地脱口而出。儿子曾经向我表达过想拥有一个QQ号的想法，被我拒绝了，理由是：小孩子家，以学习为主，上QQ跟谁聊天啊。事实上，我是怕他借机上网玩游戏。今天这是怎么回事？谁帮他申请的？我满腹狐疑。电话那头，儿子一五一十地说是表弟刘铭源帮他申请的，QQ号和密码都一股脑地告诉我了。令我意外的是密码居然是我的手机号。哈哈，这小家伙，这么相信我，看来没啥秘密要瞒着我呢！心中暗喜，连声祝贺儿子有了自己的QQ。儿子把我当朋友，我自然很开心。晚上回到家，就关切地问他网名是什么。儿子答：冷风。"为什么叫冷风啊？"儿子满脸得意，说这个名字很酷。"嗯，是感觉挺酷的，有点冷峻，有点飘逸。"我的肯定让儿子更加得意。

儿子的QQ刚开张，就表弟和表姐两个人加他，显得很冷清，这让小家伙有些失落，为了给他增加人气，我当即加他为好友。儿子很高兴，毫无保留地跟我说，他养的QQ宠物如何如何，他种的QQ农场如何如何。我听着听着便担心起来：好家伙，玩法不少啊！可得防止他着迷。于是和他约法三章：上网必须请示爸爸或妈妈，获批准后方可。儿子满口答应。以后几天，儿子果然没有上网，直到周末，经我允许，他才在上网看动画片的时候，顺便登录了他的QQ。经过一段时间的观察，我发现儿子的自制力还是蛮强的，可谓有言必行，真有点小小男子汉的味道。

考考你

经常和儿子玩成语接龙的游戏，接的字可以音同字不同。一次我说到"众志成城"，儿子稍顿后接"程门立雪"。"这是成语么?"我故意表示疑惑,"之前虽曾听说过这个词,但不确定是成语哦。""我确定,不信,我查给你看!"儿子一脸毋庸置疑的表情。说话间,就一阵风似的搬来成语词典,唰唰几下就找到了这个成语。"原来这还是一个典故呢,说的是'宋代的理学家杨时到程颐门上冒雪求学的故事。旧时指学生恭敬受教,现比喻尊敬师长,求学心切和对有学问的长者的尊敬'。"我若有所思地大声读着。儿子仰起小脸提示我:"妈妈,我们一起学过这个词,你忘啦?"我笑着对儿子竖起了大拇指,直夸他记性好。

这件事过后,儿子总是想找机会考考我。一日,下班到家,小家伙从房间里屁颠屁颠地跑出来,很认真地问我:"妈妈,囫囵吞枣是成语么?""是啊!"我肯定地答。"那是什么意思呢?"儿子立在一旁继续发问。"就是比喻做事和理解事物时,不仔细,不彻底,大而化之,过于笼统。"听了我一番口语化的解释后,儿子一对小眼睛狡黠地眨了眨,若有所思地从嘴里咕哝出一句:"跟我们老师讲得差不多。"

哈,这个小东西可真坏,老师都教过了!这明摆着是在考我嘛!我刮了一下小家伙的鼻子,表示抗议。儿子则摆出一副不好意思的样子,抿嘴笑着一边往房里躲,一边说:"妈妈,这个成语真的不常见哎。"

我对儿子扮了个鬼脸,笑道:"比程门立雪常见多啦!"

小家伙"嘿嘿嘿"地朝我傻笑。

呵,家有小儿初长成,看来作为父母,不同步成长都不行呢!

(写于2013年2月)

难忘大馍香

每次看到大馍，都有一种很亲切的感觉，这源于我和大馍的一段难舍情缘。

虽不是生在北方，我却打小就喜欢吃面食。这或许因为妈妈心灵手巧，是做面食的行家。发面炕饼、锅贴白包、韭菜粑粑等，都是妈妈的拿手绝活。20世纪七八十年代的农村物质相对匮乏，小孩子几乎没有零食吃。妈妈做的这些面食自然成了我和哥哥姐姐最抢手的宝贝，我们常常因为吃多吃少而争吵。那个时候，我总是天真地央求妈妈：以后天天做给我们吃吧！傻孩子，这是加餐，哪能天天做着吃呢！妈妈总是怜爱地摸摸我的头给一个令我失望的答案。不知什么原因，妈妈做的面食里从没有大馍。直到十来岁的时候，才知道还有一种面食叫大馍。当时我随爷爷在店埠镇一所小学读书。学校坐落在一个较为偏远的村庄。姑妈也在这所学校教书，她每天早晨从镇中心的住处赶过来，都不忘了给住校的爷爷和我带上几个白白软软的热大馍。爷爷早早地把稀饭煮好，等姑妈来了就开始吃早餐。冒着热气的大馍，蘸上罐装的胡玉美酱，咬上一口，香喷喷、甜丝丝、咸滋滋的，味道很特别。第一次吃大馍我就打心底里喜欢上了它。以后每天早晨等姑妈的到来也就成了我的必修功课。那时已经有人走街串巷地吆喝卖大馍，由于学校较为偏远，根本见不到卖大馍的身影。早餐时分，我坐在宿舍门口有滋有味地吃大馍，学生们从门前经过，总会有眼睛偷瞟过来，有的就干脆站在门口呆呆地看。然而当爷爷出现时，他们便会迅速消失。本以为只有我这个纯粹的农村孩子对大馍才如此喜爱，没想到这里的孩子对大馍也如此感兴趣。于是，我心里越发觉得大馍是个好东西了。

上初中时，叫卖大馍的人越来越多。我那时住在姑妈家，离学校很远。下午放学的路上，走过某个巷口就会听到"卖大馍哎"的清脆吆喝，沿巷子往里走很快能遇上推着自行车的卖馍人。递上五分钱，卖馍人就会娴熟地掀开车后座竹筐上保温的厚棉被，拿出一个绵软白胖的大馍。当棉被掀开的一刹那，总能闻到空气中弥散开来的淡淡甜香。由于家里负担重，我总是舍不得买，看到别人吃，直把口水往肚子里咽。后来奶奶知道了很心疼，经常塞儿角钱，让我买着吃，可是我仍舍不得。有时饿得实在靠咽口水难以抵挡了，才买一个。就那么干嚼着，越嚼越香甜，越嚼越回味无穷。那一刻，我忍不住会冒出一个奇怪的念头：要是不吃饭，餐餐吃大馍，那该多好啊！

初中三年，我和爷爷奶奶一起生活。初三时，为了确保我早上吃到大馍，奶奶一大早就赶到食堂，挤在长长的买馍队伍里。当时大馍走俏，但奶奶凭着人头熟，总不会空手而归。即使只能买回一个，也保证让我吃上。要是买得多，奶奶就留着，等我中午放学到家吃。刚蒸热的大馍夹上才出锅的炒菜，喷香可口，一顿美餐就这样开始了。印象中奶奶不喜欢吃大馍，我每次掰给她吃，她都说：你吃吧，我吃不惯。后来才知道，她是省给我吃呢！

高中时，我住校，学校食堂的早点里有大馍。虽然三年里大馍价格频频上涨，由1毛到1毛5分又到2毛，但是大馍个头大，实惠，对我而言，只需1毛钱的稀饭外加一个大馍早餐也就解决了。即使没有小菜，白米稀饭就大馍我也吃得津津有味。当时我家三个孩子在读书，父母的经济压力很大，所以我是很节约的。早上常常多买两个大馍，晚餐时就着从私人食堂打来的稀饭吃。这样一举两得，既节省开支，又过了大馍瘾。

后来上大学了，学校食堂全天供应大馍，我终于实现了餐餐吃大馍的愿望。寝室的姐妹们戏称我是大馍代言人。几个来自淮北的女孩则诚恳地发出邀请：毕业后到我们那上班吧，包你大馍吃个够！知道了我的独特"嗜好"，在有事的时候，室友们给我带饭，总忘不了捎上两个大馍。

大学毕业后，我对大馍仍乐此不疲。随着生活水平的提高，我发现白面大馍已敌不过包子、花卷等面食，渐渐淡出了人们的餐桌。但很快高粱馍、玉米馍、荞麦馍、黑米馍等高营养、益健康的大馍纷纷登场，给喜爱大馍的人提供了更多的选择机会。凭借着花样翻新的种类和适应需求的变革，大馍在和其他各类面食默默抗衡着，最终获得了一席之地。由此，我不禁想到了：人是否也应该这样不断求变求新，来适应飞速发展的社会和日新月异的生活呢？

是的，大馍虽没有秀美的外表，也没有诱人的内瓤，但它的经济实惠、简单质朴，伴随我走过了整个求学生涯。它见证了我浓浓的亲情、珍贵的友情，同时让我体味了生活的艰辛，感悟了人生的道理。

多年以后，再深深吸一口大馍的面香，那香气早已由鼻腔沁入了肺腑……

（写于2009年春）

家有财富莫若此

我家祖上传下来一副对联：有守有为常居顺境，修道修德即可兴家。

祖父告诉我他的爷爷名叫"守道"，就是取这副对联的第二个字。老祖王守道做人行事以此对联为准则，创建起富甲一方的家业，有良田200多亩，另有油坊、槽坊和粉坊等产业。家业兴旺之后，老祖始终严谨治家、敦厚做人。他把这副对联挂在堂屋正厅，时时自省，日日教育子孙遵循此风，要求他们克勤克俭，尊道重德。老祖还立下家规：勤俭持家，忠厚待人。据说老祖的夫人梁氏是个贤内助，对子女们管教很严格，子女们外出，必须报告，没有经过允许不得在外面夜宿；不得出入赌博娱乐场所，违者，家法严惩。每天晚上梁老太都要带上棍棒，到各房去巡查，发现贪玩晚归者，必予以惩戒。当时王家五个儿子皆无吸烟喝酒嗜好，也几无赌博陋习。五个儿子个个勤劳肯干，五个媳妇人人勤俭持家，全家人和雇工们同吃一锅饭，同饮一壶水，不分彼此，如同一家人。

王家的家训还体现在另两副对联中，一副是："守本分而安岁月，凭天理以度春秋"，另一副是"忠厚传家久，诗书继世长"。它们常年出现在王家的大门之上，为子孙铭记。

听祖父说，积德行善是祖上为人处世的宗旨。当时生意做得那么大，方圆百里都与王家有商贸往来，就是因为"仁义"二字。王家不仅童叟无欺，还为远道来的商贩免费提供食宿。对于上门乞讨的人，从不嫌弃，总是施以茶水饭食。每年腊月常有穷人上门借贷，赊欠油、酒、粮食，也决不让来者空手而归。为此，王家大年三十的年夜饭常常推迟进行。

祖父沐浴家风成长，谨遵家训为人。他幼年读私塾，少年在南京读中学，以优异成绩考取西安某大学，不幸的是因为家庭成分问题没能进入大学校园。后来祖父做了一名光荣的人民教师，工作勤勉尽责，一生桃李无数。听祖母说，祖父经常把工资拿出来给学生作学费、生活费。他的学生中因为家庭贫困得到祖父极力扶助才得以完成学业的不在少数。至今他们提起祖父，依然充满敬意和感激。祖父品性高洁，不嗜烟酒，喜欢读书，爱好音乐，笛子、口琴等乐器样样精通。对于钱财，他则是冷眼观之，清白处之。一次，祖父到银行去领半年的退休工资，柜台工作人员一时疏忽，多给了他一千三百元。祖父回到家后把工资交给祖母，才知道钱多了，立即跑回银行把钱退还了。柜台里的小姑娘感动哭了，连声致谢。她正在实习期，这钱如果祖父不退还，她可能就会受到严厉处分，甚至可能失去工作。

祖父遵循家风，秉承家训，他年年把"有守有为常居顺境，修道修德即可兴家"的对联写在两扇大门上。而"守本分而安岁月，凭天理以度春秋""忠厚传家久，诗书继世长"两副对联也是祖父每年必写的内容。我小时候，并不完全理解这几副对联的意思，只是觉得祖父、父亲对我们姊妹几个都很严格；祖母、母亲对我们也总是循循善诱。

祖父和父亲教育我们要勤奋学习、踏实做事。哥哥曾因调皮逃学，被祖父罚跪用荆条抽打，而我和弟弟则被唤来立在一旁"陪审"。我因为在小学时一度迷上打毛线针，天天晚上挑灯夜战，被父亲呵斥：期末考不好，就是想脱皮了！弟弟因为撒谎逃学，被父亲罚跪在门槛上，用洗衣服的棒槌打屁股。

　　我们成人以后，祖父和父亲依然给予思想上的引导。参加工作那年，祖父送给我一句话：静坐常思己过，闲谈莫论人非。他是希望我虚心学习别人的优点和长处，多多改掉自己的缺点和短处，成为一个有修为的人。父亲则教导我：要尊重领导，以单位为家；要团结同事，与同事为友。我记着长辈们的话，好好学习，努力工作，成了一名光荣的宣传思想文化工作建设者，在肥东文学艺术事业的七彩园地里辛勤耕耘，挥洒着汗水，收获着奉献带来的快乐。

　　如果说祖父和父亲是我人生的导师，为我指明前进的方向，那么祖母和母亲则是前进路上最初的明灯，使我心向光明。她们的谆谆教诲犹如涓涓溪流渗进我的血液，流淌在身体的每一个细胞。她们教育我们姊妹四人要诚实本分，善良厚道。小时候，奶奶对我说，从小摸针，长大偷金，不是你的东西不要拿。妈妈对我说，黄金不爱，鬼见愁。那时候，这些话我听得懵懵懂懂，但是从祖母和母亲的言行之中，我慢慢明白了其中的道理。祖母与人无争，一世行善。她想别人之所想，急别人之所急，有百分之十的力量帮人，绝不会只拿出百分之九。母亲勤劳朴实，正直善良。她信奉吃亏是福，从不占别人一点便宜，得了他人一份好处，至少要拿出双倍奉还。祖母和母亲的言传身教深深地影响着我，以至我生长在农村，连偷瓜摸枣的事情都没有做过。

　　20世纪70年代末80年代初的农村，整个中国社会物质匮乏，农村尤其清苦。一日三餐绝没有大鱼大肉，只是就着蔬菜填肚子。至于饼干、蛋糕、苹果、雪梨之类的零食水果，孩子们几乎没见过。一块黑乎乎硬邦邦的"狗屎糖",就足以令朴实的乡村娃们回味半天。这种情况下,菜园里的西红柿、菜瓜、胡萝卜,田地里的花生、山芋,就成了孩子们馋得眼红的美味。乡村孩子个个机灵能干,几岁开始就放牛、放鹅、跟猪。在无边无垠的田野里,孩子们自有乐趣,可以捉蚱蜢、逮龙虾、挖草根,还可以趁四下无人,到菜园和田地里摸点"美味"。到手的瓜啊、果啊、花生啊、山芋啊,统统来不及洗,在衣服上蹭蹭,就往嘴里塞。有时候弄得满嘴泥巴,却也津津有味。这种美好的感觉,我从来没有体验过。虽然这些事在当时的农村很常见,也不算什么事,但是因为祖母和母亲的教诲,我真的不敢做。因此,我还遭到了小伙伴们的嘲笑。

那是一个夏季的中午时分,偌大的田野,就我和几个小伙伴在南湖冲放牛,牛在水沟里吃两边田埂的草。水沟一边是稻田,一边是菜地。菜地的西红柿正由青转黄,那沙沙的黄甚是惹眼;水灵灵的菜瓜,在阳光的照耀下,泛着夺目的光芒。每个人的肚子都在咕咕叫,这正是补给的好时候啊!小伙伴们商量着,摘些来充饥。我不愿摘,他们就央求我放哨,说摘回来带我伙吃。我没有说话,只顾放自己的牛。他们以为我默认了,翻身下牛,猫身在菜地里行动,不一会儿就抱着一堆"战利品"回来。他们要分给我吃,我坚决不要,还一再声称:"我奶奶说了,不能拿别人的东西,我妈妈知道了,也会打我的。"其实我肚子正在闹革命呢,真的想吃啊!但是祖母和母亲的教诲就在耳畔,我愣是没敢要。小伙伴们稀里哗啦地吃着美味,还不忘回过头来笑话我:"我们不说又没人知道,你真是呆小三子(我在家排行老三)。"如今我的那些小伙伴们早已成家立业,多年后,我们相遇,谈起往事,他们还笑我心眼太实。

没想到走上工作岗位之后,这"实心眼"却使我赢得了领导的信任和同事的赞誉。我曾做过多年财务工作,在把好单位财务关的同时，自己始终保持清醒头脑，虽然是近水楼台，但从不得"月"。

　　对联里的家风家训，是祖上留给我们最宝贵的财富。从老祖传到祖父母这一辈，从祖父母传到父母这一辈，从父母又传到了我们这一辈，根植于吾辈心中。兄、姐、我和弟皆传承家风，牢记家训，时时提醒自己守本分，有作为，尊道义，修德行。对于子辈，我们严加管教，希望他们能成为"有守有为，修道修德"之人。

（写于2016年秋）

第三辑

脚步难却

那块瓦片

这是一个暖秋。风从面庞吹过，没有丝毫凉意，反倒增添了些许快慰。沐着秋风，在午后的暖阳中，我们登上了石塘镇龙城村外的一处土垄。若不是听同行的县文物专家解说，还真的不曾想到脚下踩着的竟是一段久远的历史。脚踏的这片土垄，就是经历了千年风雨的古龙城遗址残垣。

龙城遗址为汉代逡遒县城所在地。史载逡遒县城始建于汉朝初年，辖今肥东的大部分地区。这些绵延的土垄即是古城墙倒塌后形成的。举目远眺，蜿蜒曲折的土垄连绵数百米，一眼望不到尽头。土垄上密密麻麻的庄稼在风中摇曳着，舞动着，曼妙多姿，就像身着长衫的古人，挥动衣袖翩翩起舞。不经意地一低头，一块灰色的瓦片跃入眼帘，俯身拾起，轻轻抚摸，细细琢磨。在来时的路上，就听说这里有汉代的断砖、碎瓦、残陶片，莫非这便是的？果然，县文物管理所的专业人士告诉我，这块瓦片可有年头了，是古城的见证呢！我大为惊喜，似信非信地仔细端详，颜色灰暗，没有棱角，平平秃秃的，应该是经历了无数风霜雪雨吧。但它又是这样的不起眼，叫人很难想象出原貌，就像葡萄干，很难让人想象出它曾经是晶莹剔透的葡萄。端详着这块瓦片，不禁陷入了沉思。眼前浮现出一个个身着布衣、头扎布巾的古人，他们在青石铺就的街道上忙忙碌碌地穿梭而过，街道两旁房舍鳞次栉比，商铺林立，叫买叫卖声此起彼伏……

这块瓦片究竟属于哪座房舍？是平民百姓家屋脊上的，还是官宦豪门家围墙上的，或是从遥远的京城迁徙流落而来？不管它出身如何，又置身何处，我想它的制作工艺一定是精细的，它的质地也一定是上乘的，否则，不可能历经千年风霜而依然存世。它没有青铜铁器坚实厚重，也没有唐三彩、宋瓷器精美细腻。但我相信，它同样承载着许多动人的历史故事。就好比一棵小草，尽管很卑微，却亘古不变地诉说着生命的魅力。

小小的瓦片啊，你来自深宅大院，还是乡野民间？你可曾闻听过秦皇汉武的传说，唐宗宋祖的神话？你可曾领略过环肥燕瘦的风姿，唐诗汉赋的风采？或许你都耳熟能详，或许你全浑然不知。无论如何，作为历史的见证者，你承载着一段历史；趟过时间的长河一路走来，其实，你就是一段历史！

忽地，一阵风吹过，额前的刘海凌乱地散落下来，遮住了双眼，一切戛然而止。眨眨眼，沉睡在脚下的依旧还是土垄，摇曳在眼前的依旧还是庄稼。

只是，手中的瓦片变得越来越沉……

（写于2009年秋）

想起梦中的草堂

"草房子",听起来就是一个让人产生许多美好想象的词。广袤的乡间,绿树掩映中,茅草房屋两三座,房顶之上鸟儿啾啾,门前池塘鱼儿戏水,草房周边耕田连片,农人辛勤劳作其间,农歌嘹亮随风飘扬。好一派动人的田园风光!想着想着,心已经远离了城市的浮华,飞到了那个叫"草房子"的地方。这是县作协精心挑选的一处文学创作、交流场所。无论多么忙碌,想静下来的时候,能有这样一个去处,当然令人心驰神往。

听说设立"草房子"创作基地的动议,大概是在半年前。今日,终于等到了为"草房子"创作基地挂牌。借挂牌之机,县作协举办了"草房子"笔会,为我们这些文学爱好者提供一次相互交流学习的机会,同时请来名家为我们指点。这样的机会十分难得,更是我期待已久的。一大早,我就和文友们在淅淅沥沥的春雨中踏上了行程。

春雨细密地织着,无声地浸润着世间万物。道路两旁树上绽出的新绿,越发绿得惹眼。我的目光极力向前延伸,透过层层绿色的屏障，穿越无垠的田野，希望能早一点见到"草房子"。开车的师傅，大概也和我们一样心情激越吧，兴奋得跑过了道口。我们原本是打头的，结果跟到了后面。不过，这丝毫没有影响我们的心情。随着车子缓缓拐进一条沙石小道，我的目光触及了期盼已久的"草房子"！这里果然是一处水灵之地！且不说房子的草顶木架颇具仿古韵味，单说那房前连片的菜畦，苗儿们耐不住春风春雨，一簇簇挤扁了头往外涌，生机勃发的；还有畦边的一口方塘，鱼跃水面，柳垂岸边，岸上几只家犬穿梭绿柳之间……

此时此地，我醉了，恍惚间，又想起了梦中的草堂。不止一次的，我在梦里见到过这样的草房子。在这里我对书愁眠，在这里我对月当歌，在这里我邀友畅谈，在这里我握笔沉思……

如今的"草房子"不就是我梦中的草堂么！古代文人喜欢把自己的书房名曰某某草堂。曾几何时，我幻想着能像古人那样，有一处称为某某草堂的处所，可以静养心性，修炼品行。然而，现今的住宅多为套间，不管怎么分隔，书房都还是在家里。家是温馨的、温暖的，容易滋生惰性，家是被无限琐事充斥的，容易心生烦躁。在家里总没有办法那么安心地做一回文人！当然，我还称不上文人，自不必说像杜甫那样高产，栖身草堂约四载，成诗240余首，更不必说如纪昀那样勤勉，时至暮年而成《阅微草堂笔记》。所以，拥有一处草堂的想法总是羞于言说，一直埋在梦里。可是，今天我忍不住吐露出来。说我附庸风雅也好，说我好高骛远也罢，但我始终没有放弃这样一个梦想！

我还暂无能力拥有这样一处草堂，是县作协让我如愿以偿，为我们这些文学爱好者创设了这样一处佳境，实在令我兴奋不已！虽然这是一处公共的创作基地，但在讲求资源共享的今天，文人墨客集结而至，二五成群，畅游其间，不亦快哉！想当年，刘禹锡隐居陋室而叹："谈笑有鸿儒，往来无白丁。"杜少陵蔽身草堂且歌；

"安得广厦千万间，大庇天下寒士俱欢颜！"古人之心思冥冥，尚有许多资源不可共享，吾辈今日拱手而得之，实乃荣幸之至！

草房子听起来虽不比草堂那么雅致，但其功用却毫无二致，都是为在文学上有所追求的人提供一个激发灵感、潜心创作、修养身性的去处。来到这里，你就不会忘记在劳碌奔波中还有一个让自己心灵回归自然的兴趣爱好；来到这里，你就不会忘记自己还有一个美丽的文学梦想！

我想，之所以选择"草房子"作为创作基地，总应该与历史上的那些草堂有点关系的。以我们的文学素养，尚属蹒跚学步阶段，取"草堂"过之，"草房子"则恰到好处！一者是提醒我们努力提升，二者是勉励我们勤于创作。这也体现了选定者的良苦用心吧。

两者之间有关系也好，无关系也罢，不管怎么说，我已经认定了"草房子"即是我梦中的草堂！

（写于2008年春）

再访龙泉古寺

再次去龙泉古寺是在一个微雨的初冬时节,与第一次相隔了九年。第一次是跟随领导新闻采访,这一次是和文友墨客一起采风。目的不同,心境和感受自然也就不同。

那天,一大早空气中就飘着细微的雨丝,更增添了几分寒气。这样的天气,我的心却不自觉地飞到了一个地方,那就是龙泉古寺。再次踏上寻访古寺的路,心中竟升腾起莫名的激动,带着几分惊喜和几许期冀。我想象着别样的一番情趣!

汽车蜿蜒在九曲山路上,爬过了一段泥泞而逼仄的陡坡,来到了半山腰的一片平地。地上厚积着一层暖黄色的银杏叶,仿佛在诉说着几丫银杏树的百年沧桑,也仿佛在吐露着龙泉古寺的源远流长。相传,龙泉寺始建于公元230年的曹魏时期,复建于初唐,至明代达到鼎盛。历经千年风霜,龙泉寺庙宇层叠巨龙伏卧的盛况已荡然无存,至今唯留一只龙头翘首山中。虽然,只有一只龙头,但龙的威武神韵仍随处可见。从书有"龙泉古寺"四个遒劲大字的正门一直往里走,一只完整的龙头活脱而出。寺正门宛若半张的龙嘴，门庭前半圆形的两波泉池，吞吐其间。穿过一进大殿，有两口古井赫然眼前，井中泉水长年不竭，且保持同一水温，被称作"龙眼"。井的上方，各有一棵百年天竹，恰似两道龙眉飘然而下。再往里走，穿过二进大殿来到一处敞院，院中两株六七十年的水杉直插云霄，蒙蒙烟雨中，好似两只龙角在云雾中若隐若现。整个龙头昂首山腰，山中雾气霭霭，恰使其形成吞云吐雾之势，煞是神武！由山下仰望，寺沿山势而建，殿顺山势而上，整座寺院犹如一只由天上俯视人间的龙头，从山腰呼啸而出。

龙嘴银光闪烁处，一股清泉从中汩汩而出，涓涓成流，绵绵不断。此所谓"龙泉"，泉水清甜甘美，唐人称"庐州第一水"，宋人赞"天下第十三泉"！龙头在龙泉中戏水，活灵活现。

"山不在高有仙则名，水不在深有龙则灵"，这是对龙泉寺最恰当的写照。龙泉山上古寺犹龙在卧，卧龙栖身在灵泉，泉水流转，轻绕寺间，寺中有泉，泉中有寺，泉和寺相依相映，千年传扬。寺因泉而名，山又因寺而胜，山、泉、寺三者相得益彰，浑然一体。真乃人间仙境，龙泉胜地也！

九年前，初来此地，几乎没有留下什么印象，唯一印在脑海里的，就是那涓涓流淌的清泉。再次走进龙泉古寺，不仅对山、寺、泉有了更深的了解，对寺中人也有了直观的印象。寺中的"当家人"是位名叫"智光"的和尚，约莫40岁光景，慈眉善目，大耳垂肩，佛相十足。初次见面，有似曾相识之感，那朴实敦憨的模样，颇像邻家兄长。谈吐间得知：智光潜心参佛，但并非闭门不闻世事。他胸怀壮志，不懈追求，希望通过自己的努力复兴龙泉古寺，重现往日辉煌。见到智光和尚之前，我对佛的印象是十分模糊的，觉得它虚无缥缈而深不可及。今日，我第一次对佛有了直观而切实的印象。"佛看上去很高远，其实离我们很近，它也是和谐社会的一部分。"基于积极融入和谐社会的认识，智光大胆地提出了龙泉古寺"养息道场"建设项目规划。养息道场集修学、休养、医疗保健等多种功能于一身,带有社会公益性,可以称得上"佛教的阳光工程"。项目如得以实施,龙泉古寺将空前繁荣,也必将为合肥的佛教文化和旅游经济写上厚重的一笔。

仰望龙泉寺中周身金光闪烁的毗卢遮那佛,翻阅制作精美、分析科学的"龙泉古寺扩建项目"彩页,再看看通达睿智的智光和尚,我的眼前仿佛出现了这样一幅景象:一条巨龙伏卧山间,龙身之上,绿树掩映,庙宇林立,僧弥穿梭,游人如织;仔细聆听,泉水叮咚之声、诵经念佛之声、游人的欢笑声,声声不绝于耳……

(写于2007年冬)

拜谒吴复墓

对吴复这个名字有较深印象，是从拜谒吴复墓开始的。吴复墓位于肥东县陈集镇秦湖行政村享堂任自然村中部，坐东朝西。墓前一马平川，墓园整体呈凤凰展翅状。从村里顺着小道，首先看到的是吴复墓冢，未经发掘，一个圆形的大土堆上，茂密的青草覆盖其表。继续往西走，墓园神道两边的石雕群引起了人们的特别注意。自西向东，依次相对排列着石人、石虎、石羊、石马、控马人和华表。神道尽头，有一巨型石龟，背上驮着一块高大的石碑。由于年代久远，石碑上的文字模糊不清。石雕的工艺为镂空与浮雕结合，繁简相宜。仔细观察，每一幅石雕的刀法都十分精湛，每一个形象都栩栩如生。石马小耳、长鬃，左侧是驭手，戴圆顶帽，着长皂服，穿布云鞋。驭手和马由整块巨石雕成，可见雕刻技艺之精湛。神道的入口处立着一块"安徽省重点文物保护单位"的石碑，默默地明示这组石雕厚重的历史价值。

吴复病逝后，本葬在云南。据悉，明洪武十九年（1386年），得明太祖朱元璋谕旨，将吴复灵柩从云南普定（今贵州安顺）迁回故乡安葬。领受任务的人一路从云南往吴复祖居地肥东县八斗镇大吴村进发，到达目的地后便开始精选墓地，正举棋不定时，忽见一只五彩斑斓的凤凰从八斗岭上空往肖圩（今属陈集镇）方向飞去，直至而今的享堂任村不见了踪影。人常说"凤凰不落无宝之地"。一行人大喜，遂决定将吴复的棺椁安葬此地。他们来到秦湖村实地查看，果然发现在岗丘之间有一块凤凰宝地，风水极佳，背枕高冈，面向秦湖（现在水面已不复存在），所谓"前有照，后有靠"，遂选为墓地。墓地端坐凤凰脖颈之上，呈腾飞之势，寓意后世兴旺，子孙腾达。

吴复，何许人也，能得明太祖亲赐谕旨？说起这事，八斗镇大吴村的吴姓子孙们个个与有荣焉，因为他们的老祖先吴复可是明朝的开国功臣，因战功显赫，被封安陆侯，死后还被追封黔国公。当年，吴复在元末乱世之中，率众而起，保卫乡里，加入朱元璋的队伍，南征北战，屡建奇功。吴复的勇猛有口皆碑。从《明史·卷一百三十·列传第十八》的记载中可见一斑。"复临阵奋发，冲犯矢石，体无完肤"。这是洪武十六年（1383年），吴复远征云南时的表现。时年，吴复已年过花甲，尚能无畏拼杀，奋不顾身，可想而知，其盛年时之英勇。

我想，吴复屡立战功，靠的不仅仅是勇猛，更少不了智慧。不说别的，单就他在众多起义部队中，独具慧眼相中能成大事的朱元璋，体现出的就是一种敏锐的洞察力和鉴别力。据说吴复小时候，不仅力大，且胆识过人。有一天，十二岁的吴复从地里割了六百斤高粱，架在独轮车上，一个人推回家。走着走着，听见后面马蹄声响。回头一看，原来是元兵下乡征粮。吴复灵机一动，将独轮车端起，几步隐进了旁边的高粱地。等元兵远去，才从容离开。吴复到家后，把粮食藏进地窖中。刚喝了口水，就见数名元兵走了进来。吴复不慌不忙将碾场的石磙举了起来，轻轻放到元兵跟前，说道：

"军爷请坐。"元兵面面相觑,不发一言,转头走了。智斗元兵恰恰从侧面反映了吴复的机智勇敢,在吴复的家乡,至今仍广为传颂。

史载,吴复征战云南时,因金疮复发而死。朱元璋得知消息后,悲痛万分,"追封黔国公,谥威毅,加禄五百石,予世卷"。

伫立吴复墓前,对这位老乡的敬佩之情油然而生。

(写于2014年8月)

行走在八斗岭上

仲夏的午后，行走在八斗岭，绿植绕膝，清风拂面，头顶蓝天如洗，白云浮游，好不舒爽惬意！

八斗镇地处江淮分水岭脊，历史上曾被称为"百荒丘"，十年九旱，地贫民穷。经过几十年的建设，如今的八斗岭上，塘满坝满，生机勃发，绿意盎然，到处都是一片丰收在望的景象。途经一个大水库旁，我们忍不住驻足远观，白茫茫的水面在阳光下闪着粼粼的金光，一直向前方延伸，敞开丰盈而自信的胸怀，接受自然的馈赠，转而又赠给岭上的人民。

继续往前走，一片郁郁葱葱的果树林赫然于眼前。一株株挺立的小梨树上，令人惊诧地挂满沉甸甸的果子。大自然的恩赐和人类的智慧结合起来，就创造出了这样一个奇迹：小小的树上也能结出大大的果实。仔细瞅瞅，有的梨还调皮地从防虫、防污的培育袋里钻出油光光、圆溜溜的小脑袋窥探来者，模样煞是喜人。据镇上的人介绍，这片果林有800多亩呢，是引进的新品种，今年是第一次挂果。尽管是第一次挂果，我似乎已经看到了秋后令人欢悦的丰收场景，口腔里不由自主地有一股甘甜在回旋。

告别果林来到一处风景别致的农业生态园。一棵棵高大的松树，主干造型各异，枝条横溢斜出。这些松树是大型户外盆景，颇受市场欢迎。除此之外，还有许多种类各异、意趣别具的小盆景。穿行在生态园里，近处的假山、奇石、流水、飞瀑，与远处一望无垠的绿毯似的田园融为一体，不分彼此。此时此地，我已分不清，自己究竟是在乡村还是在城市。

还没有从刚才的恍惚中缓过神来，一幅新农村的画卷已然展现在眼前。一幢幢造型别致，整齐划一的新农村别墅跃入眼帘。别墅区里有一块开放的群众文化广场，各类健身器材上活跃着老人和孩子的身影，他们的脸上笑容灿烂，如花绽放，仿佛在诉说着现今的幸福生活。一只肥胖的麻鸭在广场边的绿化草坪上悠闲地踱步，恣意享受着它独有的快乐。

到了八斗镇大饱眼福之余，你还能深切感受到的就是它浓厚的文化气息。那些曹魏时期的遗迹，虽经历了一千七百多年风霜，仍依稀可见。曹植当年主持开挖的三步两眼井就像一位历经风雨的老人，静静地坐落街边，亲眼见证着八斗的世事繁华。井沿上被绳子磨出的深深的沟壑，诉说着它的古老和沧桑。井里的水依然清澈见底，几年前还有村民饮用。现在出于保护文物之目的，井边砌了护栏封存。走出老街，心灵和脚步一起追向曹植衣冠冢。所谓的衣冠冢就是一个土堆被青砖圈砌起来，冢上芳草萋萋。历史的沧桑无情和曹植当年落寞的境遇可窥见一斑。相隔不远处的两块田地即是传说中的笔架山和砚台塘。虽不见原来的模样，却可以想象得出曹三公子当年在此吟诗作赋、谈古论今，何等意气风发。这位曹三公子与八斗岭有着不解之缘，他曾三顾八斗，为百姓挖塘蓄水，凿井取水，与这里的百姓结下了深厚的感情。这位风流不羁博学多才的文学天才，被谢灵运赞誉"天下才有一石，曹子建独占八斗"。八斗一名由此而来。从此,八斗镇与这位著名才子的千年缘分,随着"八斗"这个名字而代代相传。

八斗悠久的历史,丰厚的人文底蕴,注定了它是一个不平凡的地方。就在这次采风中,我听说八斗镇将要举办"中国·曹植诗歌奖"华语诗歌大赛。一个乡镇为弘扬历史文化,有此壮举,不得不令人钦佩。八斗镇八斗居的曹植文化长廊令我印象深刻,长廊内的一整面墙上书写着《洛神赋》,另一面墙上绘制着襟飘带舞的洛神赋壁画。整个长廊文化气息喷薄而出。如果说这个文化长廊是一味文化小品,那么接下来的"中国·曹植诗歌奖"华语诗歌大赛,必将是一场文化的盛宴。我们翘首以待!

行走在八斗岭上,心情无比舒畅。我在行走,八斗岭也在行走,不是一般的走,而是健步如飞地走。

(写于2013年夏)

美哉，小岘山

　　由肥东县城往东约25公里，即来到包公镇小岘山脚下。山不高，但峰峦叠翠，绿荫幽馥。山之深处，曲径通幽，古木参天，遮天蔽日，静谧清雅，犹人间圣土，令人心醉神往。

　　小岘山脚下的村庄因山得名，曰：岘山。村外柏油路、水泥路交叉环绕，一股现代气息扑面而来；白墙黛瓦的民房，被绿草红花遍布的花坛包围着，被各类青翠欲滴的景观树簇拥着，古朴而恬静。你无法想象眼前的是一个小山村，浑然不觉的，以为置身城里的某处公园。对的，其实这就是一座农民公园。公园里一条柏油路横贯其间，路北边是篮球场，南边是农民文化广场，广场东面巍然挺立着一座仿古制式大舞台，台基为青砖、水泥砌就，约一米高，四角各挺立一根粗大的圆柱，撑起一个阁楼状的屋顶，舞台正面檐下一木制牌匾上"岘山大舞台"五个大字熠熠生辉。西面是绵延的文化墙，和岘山大舞台遥相呼应，浓浓的文化气息呼之欲出。村旁的岘山水库，宛若一位静卧山下的少女，一泓秋波，含情脉脉地注视着她的心上人——小岘山。这一泓秋波又似一汪明镜，将头顶的蓝天，远处的山峰，近处的村庄，以及水边洗涮的妇人，都映在了自己的柔波里。好一幅静得让人不忍触碰的水墨画！此时，你简直分不清是景在画中，还是画在景中，只有呆呆立在水库堤岸，尽情欣赏的份儿。水库通往山麓的狭长处，横卧一座木制廊桥，九曲十八弯，间有亭阁镶嵌其上，点缀得水面生动而俏皮。行走桥上，恍若浮于水面，忽地觉得自己变成了一只白鹭，飘飘然轻灵飞舞。如果可以，我情愿变成一只水鸟，守在这清波里，守在这山脚下。

沿着上山的水泥路一路攀升，小岘山越来越近，越来越清晰。时值七月，山上芳草萋萋，佳木葱郁，瓜果累累。道路两旁的山地早已改造成果林场。一粒粒青枣，调皮地挂在枝头，看得人眼馋，只可惜还没成熟。一个个露出土红色脑袋的梨子，压弯了枝条，沉沉地垂向地面，引得人忍不住想去扶一把，或干脆摘一个。正心痒之间，眼前忽地一亮，一片桃林！一个一个点着"红嘴唇"的大白桃，正在枝头招摇，诱惑着我们已经蠢蠢欲动的味蕾。快速往外涌的口水在山顶的度假山庄被终结，接待的人不负众望，端来一盘盘水嫩的大桃子，一口下去，咯嘣脆、透心甜。据说此桃高于市场价，且供不应求。山上种植的水果有美国红蟠桃、日本甜柿等，林林总总30多种。这里还是安徽地区唯一试种成功的"晚秋黄梨"生产基地。除了种植业，山上的养殖业也颇具规模，出产的富硒土鸡和土鸡蛋也很受市场青睐。人们不禁感叹，昔日贫瘠的荒山，如今成了江淮分水岭上的花果山、藏宝山！

站在度假山庄的观景平台上，放目远眺，各类果林由山脚一直延伸至山顶，像一张巨大的绿毯层级递进，铺陈开来。远处黛色的山峦，在落日的余晖中交错重叠，从山坳里散发出的氤氲之气盘旋缭绕其间，朦胧的、缥缈的、虚幻的，又是现实的。夜色渐沉中，小岘山被蒙上了一层神秘的面纱。

小岘山的美，不同于别的，在灵秀的自然美之中又交融着人类创造的美。

这是人与自然和谐统一的美！

（写于2014年8月）

古镇春意浓

梁园，古之慎县也。据史料记载，肥东属秦九江郡，汉逡遒县。逡遒县汉武帝时始建，县治在今龙城，辖今之肥东绝大部分地区。南北朝时期，肥东为南朝刘宋所占据，宋武帝永初三年(422年)将当时设在颍上县江口集的慎县侨置于本地，县治设于梁园，从此逡遒为慎县所代替。南宋绍兴三十三年(1162年)，因避孝宗皇帝赵昚(同慎)之讳，改慎县为梁县。明代洪武初年，梁县并入合肥县，为合肥县之东乡、梁乡、北乡。虽不为县治，但仍属军事经济重地，设巡检司。明清时期，梁园一直为合肥东乡重镇，南北交通，东西畅达，商贸繁荣，货物融通，一千多米长的老街人来车往，川流不息。

新中国成立后，梁园是肥东中北部最大、最繁华的商业重镇，曾拥有竹木行、牲畜行、钢材废旧行、小商品交易行四大市场，每逢开集，各色商品琳琅满目，各种物资应有尽有，买卖吆喝之声不绝于耳，熙来攘往的人群如潮水尚未散去，又复涌来。春节、元宵节等重大节日，梁园大街更是热闹非凡，除正常的商业活动之外，还要举行盛大的舞狮、旱船表演，唱戏、绝技、杂耍也一齐上阵，引来四里八乡的人纷纷驻足观看。每当这时，人们总是不忘捎走一些梁园的挂面和小鳖这两种久负盛名的梁园特产。挂面韧性好、有劲道，久煮不烂，和泥鳅相配，成就了肥东的一道特色美食：泥鳅挂面；小鳖，非水中之鳖，乃一种火烤面食，四方形，长宽七八厘米，其表面撒有芝麻，入口香、酥、脆，颇具风味。如今，梁园的挂面和小鳖制作手艺，仅有少数人家传承下来，而舞狮、旱船之类的传统民间文艺绝活，则几近失传。

直到20世纪90年代初，梁园仍以其发达的商业而远近闻名。此后，日渐衰微。

时间如白驹过隙，弹指一挥间，已过去千余年。梁园这座千年古镇，经过岁月的淘洗，已由往日的繁华回归宁静，当年的商业传奇，已不复存在，热闹的大街早已冷冷清清，活跃在镇上的富商大贾，权倾一方的大户豪强，均已淹没在时间的沧海里，或可成其一粟，或早已灰飞烟灭。唯一不变的是朴实善良的梁园百姓，仍在用自己的勤劳和智慧，一代一代续写着梁园的千年传奇。

过去的已成为历史，梁园人想到更多的是未来，他们要让梁园重焕生机。于是，一批高科技农业专业化公司、现代化农业生产大户落户梁园。东锦园林和雨泽农作物种植专业合作社就是其中的代表。它们给梁园带来了绿色的希望，带来了五彩斑斓的梦想。

东锦园林占地数千亩，种植着近百种苗木花卉。千亩樱花林，花开之际，灿灿然映红半边天。正在建设中的樱花大道，两旁樱花一路陪伴，可车览，任凭盛开的樱花迎面掠过；可步行，撒开性情在浪漫幻境中徜徉。偌大的园林四季皆有景，美景各不同。春赏樱化，夏沐绿荫，秋醉月桂，冬品蜡梅，令文人雅客流连忘返。

与东锦园林的"美"相比，雨泽农作物种植专业合作社处处体现出一个"精"字。这里的"精"是品种的精和品质的精。黑花生，黑西红柿，吊在藤子上的小西瓜，这些市场上很少见的营养高、口感好的新品种是这里的主角，也是农技师傅们的宠儿。大棚里，合作社里的农技专家，从土里小心翼翼地抠出一颗正在抽芽的黑花生，托在手心里，像呵护一颗掌上明珠。在向我们介绍一番之后，他又把花生小心翼翼地埋进土里，轻轻地覆上薄膜，像在照顾一个襁褓中的小婴儿。大棚外，春雨淅淅沥沥地淋着，农场里一畦不知名的菜苗青翠得刺眼，农场外面道路两旁，黄灿灿的油菜花在斜风细雨中摇曳、舒展；郁郁葱葱的麦苗以挺拔的身姿迎接雨露甘霖，沙沙的响动里，我似乎听到了麦子拔节的声音。

此时此刻，我感受到一股浓浓的春意从梁园这片古老的土地上扑面而来……

（写于2015年3月）

牛角上的天堂

有这样一个地方，花如海，果飘香，林葱翠，水荡漾，金秋稻穗层层浪。不要以为这是"明媚春城"昆明，不要以为这是"水果王国"海南，不要以为这是"鱼米之乡"苏杭，更不要以为这是"人间天堂"香格里拉。这个神奇美妙的地方就在合肥市包河区，它有一个充满田园风情和原始风韵的名字：牛角大圩。

此地三面环水，东望巢湖，西、南濒临派河。清朝时，百姓筑堤防水，形成圩区，形似"牛角"，故得名"牛角大圩"。牛，埋头苦干，抵角前行。名副其实的是，这里的人果有牛的特质：踏实勤劳者有之，开拓进取者更有之。圩区曾是易旱易涝之地，广种薄收。如今，摇身一变，成了省级现代农业综合示范区，粮食、果蔬、水产应有尽有，生态休闲旅游也随之而来。

1.5万亩圩区里，你可以在湿地垂钓体验区做一回姜太公；可以在农业风情区当一回陶渊明；可以在派河生态景观带上闲庭信步；也可以在丙子河上泛舟，怡情养性。毫不夸张地说，这里的一景一物、一点一滴都令人放松，使人欢愉。特别是那片花海，春、夏、秋三季都那么绚烂。放眼望去，满满的全是花，红的、黄的、蓝的、紫的……色彩斑斓，蜂飞蝶舞。要是王母娘娘来了，恐怕也会慨叹，天庭虽有织女，也无法织就如此活色生香的景致。不必说东方的神仙，即便是漂洋过海来的西方贵客，也不会失望。倘若你是来自欧洲的堂·吉诃德，那刚刚好来对了地方，花海中央一座高9米的荷兰大风车，正巍然而立，傻傻等候。或者你是来自欧亚大陆与非洲大陆交界处的地中海，也绝不会觉得陌生，因为花海南侧蜿蜒曲折的廊架、木栈道，已然将浓厚的地中海风情带到了你的身旁。

如果被缤纷花海迷乱了双眼，被浓郁花香阻滞了鼻息，那就到派河大堤上走一走吧。途经两条蜿蜒的小道，便上了派河大堤。踏上延伸至水边的木栈道，边行边赏景，头顶白云悠悠，脚下碧波漪旎，水鸟或展翅，或浮游，随心所欲地舒展着曼妙身姿，岸边的水牛自顾自地吃着水草，偶尔甩动一下尾巴，驱赶牛虻，全然不在乎你的注视或指点。傍水而生的芦苇，萋萋苍苍，葳蕤多姿，她们静默着，活在自己的世界里。走出浮华与喧嚣的人们，此时此刻多想化身一株芦苇，默立水边，静观四季轮回……

当眼睛看累了，脚也走乏了，该如何呢？没关系的，丙子河正静静地等着呢！乘一叶扁舟，随微风轻荡，人在船上走，船在水中游，小桥流水，舟行水动，别有一番诗情画意。

关于"丙子"这个名字的由来，得追溯到清乾隆年间。那时，此地附近的水街是农村小集镇，每遇巢湖涨水就被淹，周边百姓苦不堪言。至1756年，当地的绅士们，认为此处地势高，号召人们造屋兴集，是年恰逢丙子年（乾隆二十一年），故取名丙子埠。后来，此地设乡，因驻地在丙子埠，而得名丙子乡。几经变迁，丙子乡早已不复存在，但"丙子"这个名字里渗透出的人类改造自然、人与自然和谐共生的精神依然存续。

牛角大圩由当年的穷乡僻壤，到如今的生态天堂，正是这一精神发挥作用的生动写照。

（写于2015年6月）

雨中走凤阳

来到凤阳，不由自主地想到朱元璋，想到大明王朝，想到这块龙兴之地。于是，抑制不住要去走一走。

秋雨中的凤阳显得格外清冷，而满目的烟雨，却又平添了几分诗意。一座皖东北的小城就这么静静地安卧在霏霏的秋雨之中，不显山，不露水。漫步其中，内心涌上一阵祥和与安宁。

兴步登上鼓楼，放眼望去，四周仿古建筑的商业街和居民楼错落有致，屋顶上的青灰小瓦散发出深邃久远的气息，让人不自觉地想到了600多年前的大明中都。

那时，大明江山一统，新兴王朝如一轮朝日正喷薄出耀眼的光芒。生于乱世，立于马背，成千战功，在刀光剑影中创建王朝的朱元璋，当时所思考的是如何才能治理好这个庞大的王朝，让国家富强、百姓安乐，不再重蹈被自己亲手推翻的元王朝的覆辙。因此，在他的出生地、发祥地兴建大明中都，也必然体现出他居安思危的思想。他挥笔写就"万世根本"四个方方正正的楷书大字，高嵌于鼓楼的正门之上。史学界对于这四个字，至今尚无统一的解读。无论如何解读，我想这其中或多或少地表达出洪武皇帝希望子孙不忘本，不忘出身，不忘来路，勤政爱民，使大明江山永固、千秋万代的思想。朱元璋当初在凤阳建中都，除了对家乡的深厚情谊，应该也有警醒后世子孙的用意吧。然而令洪武皇帝没想到的是，他的继任者们，相当一部分是不务正业的，最终没能守住江山。

中都遗址沉睡在凤阳县城的西北，凤凰山南麓。我们心向往之，决定冒雨前往。由于在修路，大约有600米的路程需要步行。下车之时，雨下得正欢。我们或举着伞或披着雨衣，一路栉风沐雨，蹒跚前行。拐过一段木栅铺垫的泥水路，远远的，三孔嵌入长长的城墙的门洞赫然映入眼帘。这便是中都的午门。荒草爬满午门上的城墙，虽是深秋，仍锁不住几许残存的绿意。三两株自生的树木，零星散落在斑驳的城墙与茫茫天际的交界处。在这漫空的雨幕之中，午门显得愈发苍凉，愈发寂寥。难以想象，这就是当年气势恢宏的皇内城正门。

沿着新砌的水泥台阶，拾级而上，是一片开阔的广场，午门就在正前方。走近之后蓦然发现，看似不大的门洞，实则宽阔、高深，竟有5.1米宽、8米高。置身其中，恍若陷身高大的殿堂之内。站在门洞内的墙根之下，猛然觉察到自己是那么的渺小，仅最底层的石基，就已经丈量了我三分之一的身高！石基一码的灰白色，据说都是汉白玉石，历经数百年风蚀，当年的洁白如玉早已不复存在。虽风化褪色，石上雕刻却依然清晰灵动。图案多为盘龙飞凤，每一条龙都在翻腾，昂首摆尾，腾云驾雾；每一只凤都在飞舞，振翅盘旋，舞姿翩翩。令人惊讶的是，没有一条龙重复，没有一只凤相同。如此精湛的技艺，如此精妙的设计，令人叹为观止。穿过午门，便是庞大的宫殿遗址，几经拆毁，痕迹全无，留在眼前的唯有广袤的农田。说来真是可惜，耗时6年修建，已颇具规模，享有"东方巴比伦"之美誉的中都古城，竟荒废至此，不禁扼腕。

建之不易，毁之不难！

中都罢建之后，曾几度拆毁，所得建筑材料用于兴建龙兴寺。后又几经战火，到新中国建立之后，仅余皇内城遗存。"文革"时期，皇内城又遭浩劫，面目全非，城墙上的砖石，流落到寻常百姓家，甚至用来盖猪圈，砌茅厕。雪上加霜的皇内城，遍体鳞伤地遗落在凤阳城的西北一隅，茕茕北望凤凰山，唯有残垣断壁和残砖断瓦在风中诉说着沧桑巨变。

20世纪70年代以后，中都遗址受到史学界的高度关注。1982年，中都古城遗址被列为全国重点文物保护单位。

此行中，听说凤阳县正在致力于明中都皇故城国家考古遗址公园的建设，这是个令人振奋的消息，期待着它早日呈现于世。

与中都遗址遥遥相望的是明皇陵。这是朱元璋为他的父母修建的，是一处历时14年才建成的浩大工程。朱元璋是个孝子，还未称帝的时候，已开始修建父母的陵寝。明皇陵坐南朝北，为历代皇家陵寝中独一无二之举。这个令人费解的特别之举，却源于朱元璋令人动容的拳拳赤子之心。陵寝坐南朝北与中都遥相呼应，如此，他每每君临中都之时，即可面向父母陵寝，常思父母之恩，常念父母之情。据说陵寝建成之时，占地2万余亩，分皇城、砖城、土城内外三道；宫阙殿宇，壮丽森严，仅享殿、斋宫、官厅就有数百间。陵寝中的这对贫寒的农民夫妇，做梦也不会想到，当初凄凉离世，草席裹体，如今却享用华殿大宇，无限风光。

历史总是那么现实，又总有那么一点无情，它跟这位颇有孝心的皇帝开了一个大大的玩笑。令朱元璋做梦也没想到的是，他为父母精心修建的陵寝，竟数遭劫掠，几为平地。最大的一次浩劫，便是明末农民起义军的兵燹涂炭。到新中国成立后，仅存陵丘和石刻群。直至1982年被列为全国重点文物保护单位，走过风风雨雨600多年的文物，才得以保存下来。其后，几经修复，方以现在的面貌呈现于世人面前。

步入皇陵，雨一直在下，契合着彼时的气氛。自皇陵的入口处极目远眺，神道直阔，绿植苍翠，烟柳飘摇，没有一丝肃杀，雨幕之下，倒似蒙上了一层神秘的面纱。或许这就是传说中的凤阳名景之一"皇陵烟雨"。神道两侧的石像生整齐排列，在风雨中默默地守护着陵寝的主人。麒麟、狮虎、马羊诸兽，文臣、武将、内侍诸人，个个造型逼真，刻功精细，栩栩如生。特别是那4对石虎，躬身端坐，颔首贴耳，形态憨萌，可爱至极。在洪武大帝的心中，即便是百兽之王的猛虎，于他父母面前，也应当是温顺恭良的。他把对父母的思念之情和爱戴之心，深深镌刻在这些石像生中。皇陵中的石像生32对，共64个，这个数字恰恰是他父亲朱世珍的寿龄。

朱元璋祖上赤贫，居无定所，食无米粮。父母双亲皆死于元末瘟疫、灾荒。他自己从放牛娃到孤儿，从和尚到游僧，多年衣不蔽体，食不果腹。对于父母的穷苦出身，他没有一丝嫌弃，对于自己的卑微身世，他没有丝毫避讳，并亲撰碑文立于皇陵之中。这种自信与洒脱，实在难得。

大明皇陵碑，历经数百年风雨洗礼而巍然挺立于皇陵之中。石碑耸立在神道西南侧的碑亭内，碑上密密麻麻刻满文字："洪武十一年夏四月，命江阴侯吴良督工新建皇堂，予时秉鉴窥形，但见苍颜皓首，忽思往日之艰辛。况皇陵碑记，皆儒臣粉饰之文，恐不足为后世子孙诫。特述艰难，明昌运，俾世代见之，其辞曰……"

碑文洋洋洒洒，凡1105字，主要记述了朱元璋的卑微身世、僧侣生活、戎马生涯以及开创大明江山的全过程，阐明了昌运兴盛的道理，以作为子孙后代的训典。这篇碑文，开创了历代帝王秉笔直书的先例。朱元璋亲撰此文的目的，就是为了让子孙后代记住卑微家世和建国创业之艰辛，不忘来路，不失初心。朝堂上，他也毫不掩饰，常以"淮右布衣"自称。这种眼界，这种气量，这种开阔的胸襟，为历代帝王所不及。

自古以来，皇陵碑文，皆穷尽所能，攀龙附凤，粉饰出身，美化自我，夸大功绩。如洪武皇帝这般天然去雕饰，文实相恰者，没有第二人。即便是千古奇才的一代女皇武则天，死后不言不说，立了个无字碑，生前也还是费尽心思，把自己的家世与名门望族强拉硬拽在一起。不得不说，朱元璋的朴实与坦荡，彰显着他作为开国之君的自信与远见。

就这点而言，对于这位布衣皇帝，感慨之余，着实钦佩。

凤阳还有许多值得一去之地，譬如龙兴古刹，譬如韭山洞，譬如小岗村，无奈时间不裕，只好留待下次。再来之际，或许还可漫步于明中都皇故城国家考古遗址公园之中。

我想，那将会是又一次充满期待的心灵之旅。

（写于2015年11月）

游黄果树瀑布

黄果树瀑布的美名我早有耳闻，不说别的，单这"中国第一瀑、世界第三瀑"的盛誉，就足以令我心驰神往。早在300多年前，徐霞客游历贵州，对黄果树瀑布曾有这样的描述："度桥北，又随溪西行半里，忽陇箐亏蔽，复闻声如雷，余意又奇景至矣！透陇隙南顾，则路左一溪悬捣，万练飞空，溪上石如莲叶下覆，中剜三门，水由叶上漫顶而下，如鲛绡万幅，横罩门外，直下者不可以丈数计，捣珠崩玉，飞沫反涌，如烟雾腾空，势甚雄厉，所谓'珠帘钩不卷，匹练挂遥峰'，俱不足以拟其壮也。盖余所见瀑布，高峻数倍者有之，而从无此阔而大者，但从其上侧身下瞰，不免神悚。"由此可见黄果树瀑布之气势雄伟。此瀑经徐霞客记录传播之后，名扬天下。

2012年夏，我得以和家人同往贵州安顺，领略这一旷世奇景。当日，天气晴好。匆匆用过早餐，我们便迫不及待地乘车前往黄果树瀑布风景区。路两边绿荫浓郁，偶有点点阳光穿透枝叶的缝隙洒在路面上，光和影的交叠，温润而梦幻，我们仿佛驰骋在一条金光点缀的星光大道上。

　　大约一个小时的车程，就来到了景区。导游告诉我们还要步行20多分钟，才能看到黄果树瀑布。我们疾步穿行在一个巨大的盆景园里，园内怪石星罗棋布，绿植横溢斜出，颇吸引人的眼球。但我已然无心观景，只想着一个问题：黄果树瀑布怎么还没到呢？走了大约10多分钟，忽见前方左侧园林中耸立着一座徐霞客雕像，背挎行囊，手执书卷，双目注视前方，仿佛在探寻着什么。他是中国历史上对黄果树瀑布进行详尽记载的第一人，因为有他的文字记录，黄果树瀑布才为后世广泛传扬。后人为纪念这位伟大的地理学家、旅行家、探险家而在此建造了这座雕像。想到马上就要亲历亲睹徐霞客笔下的稀世奇瀑，不觉欣喜涌上心头。我健步如飞地往前奔，急切的心情犹如一位久未谋面的老友正在前方等候。前行约两百米，忽闻前方訇然作响，这一定就是黄果树大瀑布发出的声响！未见其形，已闻其声，我们实实在在地感受到了大瀑布的浩荡气势。继续前行约百米，透过石阶右侧的绿荫，循声望去，只见一幅宽大的白练，从对面的岩壁上倾泻而下，好似天河奔流至此陡然直落，无牵无挂，飘飘洒洒。这雄伟壮丽的景观吸引着游人们快步向前，渴望近距离一览瀑布真容。沿着台阶往下，离谷底越近，瀑布的轰鸣声就越是震人魂魄，仿佛前方就是一片钟鼓齐鸣、人喧马嘶的战场。再往下，空气渐渐湿润起来，不断有飘零的雨丝裹挟而来，继续往前，雨丝变成了飞雾，迎面袭来，火热的脸庞顿生丝丝凉意。拐入最后两段石阶，一幅激流飞瀑、银珠四溅的奇景赫然展现眼前。刚才远远地看到的那一幅白练被峭立的岩石撕成大小不等的数挂，飘然直下，落入谷底绿潭之中。不得不让人惊叹：莫非这是天上的织女在浣洗自己新织就的布匹？数道白练落入潭中的一刹那，飞沫四溅、白雾升腾，清冽的潭水碧波激荡，漫溢而下，形成两级小瀑，如银帘低垂，旋又汇聚成一条清溪，激越欢腾，流向远方。

这时的谷底，已经成为一片欢乐的海洋。游人的欢呼声和瀑布的轰鸣声，融汇成了一曲恢宏壮丽的交响乐，在山谷里久久回荡。此时此刻，抛开繁芜，置身潭边，任浑然天成的乐章萦绕耳畔，任寥寥飘飞的水雾笼罩周身，我完全沉醉在这无比瑰丽的大自然的杰作中。

（写于2014年夏）

第四辑

点滴难忘

有感"附庸风雅"

听说养仙人球可以吸收电脑辐射,于是我在桌子上养了一盆袖珍仙人球。这小东西好养得很,无须施肥,每两周浇一次水便鲜活起来。对我这个素未养过花的人来说,如此已是颇值一提的得意之作了。

一日,我正在侍弄这小球儿,有位友人来访,见此情景,不禁大笑,指着我说:"呵呵,养仙人球啊,这可是懒人附庸风雅的做法!"我回笑,不作任何解释。另一位友人急了,用手戳戳我道:"贬你呢!还笑什么啊?"我仍笑而不答。心想:附庸风雅有什么不好吗?书解其意为:素养不高的人,为抬高身价,有意结交文化名流,参加文化活动。既然如此,附庸了风雅也并无什么坏处,至少可以"近朱者赤"嘛!且看北魏孝文帝拓跋宏虽为"蛮夷"却崇尚风雅,力推汉文化。他这一附庸风雅之举,不仅有力推动了我国古代社会的发展进步,还促进了汉族和少数民族的大融合呢!更进一步想,附庸风雅的人,明知自己不是风雅之士,却不畏难,不护短,敢去学,敢去仿,这种"明知山有虎,偏向虎山行"的精神,不更是难能可贵么！现实生活中，很多人缺少的不就是这点勇气、这点自信吗？有许多人怕别人笑话，有附庸风雅之心，鲜有附庸风雅之行。要改变这一状况，一方面需要"附庸"者有足够的勇气，另一方面则需要旁观者有足够宽容的心态。

春秋战国时，吴越之地东施虽不美，但大胆地效颦西施，勇气着实可嘉。而人们对她的爱美之举却不够宽容。且看他们的表现："其里之富人见之，坚闭门而不出；贫人见之，挈妻而去之走。"爱美之心人皆有之，向往美，追求美于人于己都不是什么坏事。可东施的父老乡亲们竟然反应如此强烈！东施模仿西施，是真的觉得那样很美才为之，并非扭捏作态。而里人却耻笑她不自量力，不根据自己的（相貌）条件而愚蠢地模仿！长相是爹妈给的，谁也无法改变啊（那时应该还没整容手术），东施又有什么办法呢？就算她长得很丑，总不能因此耻笑她对美的追求吧？人们的耻笑，可能就此扼杀了东施对美的大胆追求。反之，如果人们拿出宽容理解的姿态来，东施可能会继续努力，仿效西子之文明礼仪，虽无西子之貌，举手投足却有西子之风，对于社会文明风范来说，不也是一大好事么！其里人之做法，说白了就是冷冰冰的歧视和赤裸裸的不尊重！里人的刻薄、无知，反而更加映衬了东施的可爱、可敬！回到现今，我们对于别人的附庸风雅之举又给予了多少支持呢？平心而论，能说出个一二三的一定不多。我想，我们不仅要自己拿出附庸风雅的勇气，对别人的类似之举还要伸出热情的双手。如果遇到一位大胆说普通话的山里娃儿，即使他说得走了调，我们给予更多的应该是掌声，而不应是嗤之以鼻。

其实，做到附庸风雅并非易事。有附庸风雅之心，施附庸风雅之行，至少具备以下四点：其一是有基本的是非观，知道风雅是好的，应该去学；其二是比较了解自我，知道自己有哪些方面或某一个方面的不足，需要去学；其三是有向上之心，愿意不断地自我改进，自我完善（不管出于什么目的，但潜意识里，他们是想自我提高的），主动去学；其四比较了解他人，知道何为风雅之人，并有针对性地去学。知道自己的不足已经难能可贵了，在此基础上，还有意改进，不断完善自我，就更为珍贵了。事实上，我们又有几人能够对自己很了解呢？老子说，知人者智，自知者明。做到知彼不易，做到知己更难！知己知彼，一切方能得心应手，游刃有余。做到知人知己，明于内，而智于外，这是多少人一生求索而不能得的境界！而附庸风雅者得也！

所以不仅不要嗤笑附庸风雅，而且应该鼓励、支持、尊敬。古人中不乏以风雅为荣，并且崇尚它、追求它的先例。我们今人更应该大胆地去做。如果不够风雅的人，都能够附庸风雅，那么我们这个社会整体素养自然会水涨船高。

我们始终要相信这一点：没有"附庸"的过程，丑小鸭终不会变成美丽的白天鹅。

（写于2007年夏）

郑灵公的悲哀

郑灵公是春秋时期郑国的第十二任国君。一日，楚国人向他进献了一只鼋。灵公很高兴，命厨子煮成羹，准备与来拜见的大臣们分享。恰巧公子宋与子家来拜见灵公，行至宫门外，公子宋突然食指大动，他让子家看，并得意地说必有美食可尝。子家问缘由，公子宋说自己每次食指大动都能尝到珍奇美味，子家将信将疑。两人进宫后，果然看见厨子在烹饪一只大鼋。子家对公子宋竖起大拇指，公子宋则笑着晃起了脑袋。灵公见两人如此没有规矩，就皱着眉头问原因，子家就当众将刚才在宫门外发生的情况据实相告，灵公听后不悦，暗想：我不赐予你，看是你的食指灵，还是我的赏赐灵。厨子先献鼋羹于灵公，灵公赞其味美，遂命分给列位大臣，唯不予公子宋。公子宋见灵公和其他大臣们有说有笑地品尝美食，就好像他根本不存在，顿感窘迫不堪。公子宋恼羞成怒，不顾一切地走到大鼎面前，伸出手指蘸了一下鼋羹，尝了尝味道，然后大摇大摆地走了。灵公大怒，声称要杀掉公子宋。公子宋余怒未消，闻听此言，干脆一不做二不休，先下手为强杀了灵公。当然，公子宋也没有好下场，因为弑君而被诛。

　　这个因为一碗鼋羹而引发的血案，实在令人唏嘘不已。双方为此都付出了惨重的代价。郑灵公因心胸狭窄丢了性命，公子宋因冲动毁了人生。公子宋身为贵戚之卿，仅为口舌之欲，不顾君臣之礼，愤然染指于鼎，以至谋杀国君，实在有失根本。圣人说，克己复礼。去人欲而存天理，才能够维持治国的秩序。可惜公子宋生得太早了，不能领会其中的道理，任性胡为，做下了如此蠢事。再想想郑灵公，又何尝不是率性而为呢？公子宋食指大动，明明验证了有好吃的，灵公却故意不予，羞辱其，置其于进退两难的窘境，实在是有失国君的风范。灵公此等胸怀，尚盛不下一碗鼋羹，又何能心怀天下！试想，如果灵公给足公子宋面子，大赞其有特异功能，并赏赐鼋羹，必皆大欢喜，场面何至于不可收拾？

　　由此，不禁想到另外一位国君——楚庄王。一次楚庄王宴请群臣，席间让宠妃许姬敬酒助兴。不料此时一阵大风吹灭火烛，有一个大臣垂涎许姬美色，乘机调戏她。许姬扯下他的帽缨，向楚庄王告状，请求立即明灯，查出此人。楚庄王非但没听妃子的话，还命群臣摘掉帽缨畅饮。此番一来，灯火重新燃起后，已辨不清谁是非礼之人。

　　几年后楚与别国交战，一位大臣冲锋在前，奋勇杀敌，数次打败敌军。楚庄王对此人从未重视过，疑惑不解地问他为何如此卖命。那位大臣坦言自己就是当年调戏宠妃的人，因感念大王不究之恩，愿以死相报。

　　对于调戏自己宠妃的人都能宽恕，可见楚庄王的胸襟和肚量远非郑灵公能比。如果楚庄王也像郑灵公一样过多计较，定会攥着帽缨，扯着嗓子大喊：谁的？谁的？如此，必将那位大臣逼向绝境。为了保全自己，大臣可能会顿起杀心。事实截然相反，楚庄王宽宏大量，保全了臣下的颜面，臣下心怀感恩之情，并把这种恩情转换成难以预见的正能量回报给了他。两相比较，让人不得不佩服楚庄王的气量和智慧。

非礼国王的宠妃，论罪可诛。然楚庄王却对报屈的许姬说，是我让他们喝酒的，醉后失礼是人之常情，怎能因此侮辱大臣呢！楚庄王如此胸怀，是成就他称霸春秋的重要原因。而郑灵公心胸狭隘，命丧于一碗鼋羹，实乃悲也！

（写于2013年春）

观三打白骨精遐思

再次观看《西游记》三打白骨精这一段，仍然气得咬牙切齿，不是气白骨精魅惑手段之高明，不是气猪八戒添油加醋之能事，而是气唐僧这个领队，简直就是黑白颠倒，是非不分！难怪孙猴子说他肉眼凡胎，不识妖精。

气过之后，再细想想，其实这也怪不得唐僧，只缘那妖精演化得太逼真。唐僧笃信佛教真义，讲求慈悲为怀，当然不能容忍孙猴子肆意伤害"良家妇女"及其爹娘。作为到佛教圣地去拜佛取经的领队，带好队伍，积德行善，不让手下人祸害百姓是唐僧的分内之事。所以在他没有发现真相之前，严惩悟空"伤害无辜"，狂念紧箍咒，逐其出师门，目的是为强化团队纪律，凸显佛家慈悲大义，本无可厚非。

然而作为领队，唐僧对手下人的失察却由此可见一斑。悟空虽然情急之下时发猴性，但本性还是善良的，不至于滥杀无辜。唐僧却断定他是滥杀，并据此错误判断，做出错误决定。这明摆着是唐僧对手下的本性缺乏了解，此乃失察之一。再者，悟空得到名师指点，习得七十二般变化，本领神通广大，所经之处，尽人皆知。唐僧作为师父，本应对悟空的本领十分了解，并且予以充分信任。而三打白骨精时，唐僧却对悟空识破妖魔的火眼金睛一再怀疑，只相信自己人妖不分的肉眼。这是唐僧对手下的能力缺乏了解，此乃失察之二。这失察之二，也反映了唐僧用人的缺陷。俗话说，用人不疑，疑人不用。他既用悟空，又怀疑他识别妖魔的能力，结果导致自己错怪了好人，赶走爱徒不说，还再次落入妖怪魔掌。再说那八戒平素好吃懒做，又总是被悟空盯着，没少受捉弄，心里自然不爽，所以在一旁添油加醋地指责悟空打死一家老小的不是。作为师父，唐僧对八戒的"别有用心"应该有所考虑，加以区分。事实上呢，唐老人家对他这个二徒弟的话是照单全收。此乃唐僧失察之三。

不能说唐僧不是个好人，但此时，他绝不是个好领队。"知人者方可善用"，唐僧对手下的失察，使他又一次用错了人。孙悟空被赶走后，他派少有责任心的八戒去化斋饭，半天不归，害得沙僧去找，留下唐僧"孤家寡人"惊恐奔走于荒山野岭之中，又再次坠入妖怪魔窟。八戒自知无力救出师父，一贯懒惰的他干脆撂挑子，打算就此散了。还是沙僧实诚，要去请大师兄。猴子受了气，自然要耍一回泼，不肯轻易出山。这样一来二往，时间就此悄悄溜走，延误了取经行程不说，唐僧还差点成了"唐僧肉"，几乎使西天取经之伟业夭折。若是猴子就在团队里面，立即出手相救，肯定会为出行赢得时间。悟空若在，或许唐僧根本就不会那样容易掉进妖洞。而这位"唐长老"的一时失察恰恰使这一切假设成为泡影，更使得工作效率大打折扣！

捋着往下看，发现这唐僧倒也蛮可爱的，甚至是可敬。为何如是说呢？他虽然一时失察，但决不固执己见。当发现错了之后，倒是敢于面对，勇于承认，乐于改正。见到悟空后，他居然有足够的勇气说上一句："为师错怪你了！"此后，再遇到妖魔鬼怪，唐僧对悟空更多了一层信任。知错就改，善莫大焉。唐僧知道是自己的错，没有遮着、掩着，反而坦诚地说出来，勇敢地自我批评。确实令人感动，让人钦佩。

说实在的，"我错了"只短短的三个字，很多人却难以说出口。有些人明知道自己错了，就是不愿说出来，更有甚者，想着法儿给错误抹上防护霜，披上美霓裳，生怕别人看出来是自己的错。这可能是出于一种本能的自我保护，抑或是想承认却又碍于颜面。如果是避责自保另当别论，若是顾及颜面而隐瞒错误大可不必。东方人很好面子，作为东方人之代表，中国人自然免不了受面子的困扰。虽然孔子说，人非圣贤，孰能无过。但中国坊间自古流传"人活一张脸，树活一张皮"之说。面子问题之大，由此可见一二。有时候人的面子确实很重要，要面子并不是坏事，最起码说明一个人还是顾及道义廉耻的。但把面子无限放大，一切以面子为重，做面子文章，搞面子工程，施面子政治，就不是什么好事了。特别在是与非的问题上，如果仅为了面子就把多的说成少的，把正的说成斜的，把白的说成黑的，这样的话不仅不能保住面子，可能还会像自以为穿了新装的皇帝那样，不但没有风光可言，反倒把面子丢到了脚下。

其实，错误就像一块坚冰，在太阳底下才能加速消融；若在阴暗处，不仅难以消融，还可能越来越坚硬。所以，在错误面前还是不顾及面子为好，只有把面子丢一丢，错误才能被指出，被分析，被解决，教训才能被总结，并最终成为有效的经验。

唐僧就是一个很好的例子，他在错误面前敢于放下面子，才得以求取真经。

（写于2008年夏）

路遇盲人

一日，和朋友在僻静的街道上行走，前方传来"嗒嗒嗒"的声音，那是一位盲人在用盲杖探路。此时，我们看到盲人的前方有一根铁柱。担心他会碰到，我和朋友慌忙赶上去，说："当心！前面有根柱子。"话音未落，他的盲杖已经触到了柱子，但他还是回过头笑着对我们致谢。我不好意思地说："其实你已经知道了。"他又笑了："你们有这份心就足够了！"

看着盲人远去的背影，我不由想起曾经读过的一则故事。一个形容枯槁、浑身散发异味的乞丐来到森林里，人人厌恶他，避之唯恐不及，实在躲不开的只好拿点钱打发他快走。当他来到袋鼠的面前时，袋鼠翻遍了全身的口袋，很抱歉地说："对不起，先生，我和您一样穷呢！"乞丐不但没生气，反而一把握住袋鼠的手感激地说："谢谢，您给了我最宝贵的友谊和尊重！"

是啊，人无论富贵还是贫贱，人格和尊严都是他们最珍惜的。尊重别人，给别人友谊，让别人快乐，同时也是尊重自己，在自己心灵的园地里种植美丽的花朵。不是有这样一句话，"赠人玫瑰，手有余香"吗？我想，即使手被玫瑰的刺扎了，那疼痛只是表面的，馨香却早已沁入心脾了！

（写于2005年秋）

红灯·绿灯

行走在十字路口,由于专心思考问题,没有在意红灯还是绿灯,径直走了过去。耳畔忽地传来一个小男孩的声音:"爸爸,我们也走吧,你看别人不是都过去了么?"

"别人是别人,我们要遵守交通规则。"男孩的爸爸答道,语气坚定而沉着。

我这才猛然意识到刚才闯了红灯,回头看看立在马路对面的父子俩,脸上不禁发烫起来。虽然不是存心违规,但不经意间却成了孩子的负面教材。此时,不由想起了一则公益广告:文明是一盏灯,每个人都点亮这盏灯,黑暗就会少一些。

我暗暗提醒自己要点亮一盏灯。

不几日,同一个十字路口,我等着红灯。一位奶奶拉着小孙子火急火燎地向马路对面奔去。小孙子一边走一边往后退,嘴里还嚷嚷着:老师说红灯停绿灯行,不能闯红灯!奶奶并不理会,拽着小孙子的手,头也不回地往前走,嘴里还发着火:走啊!现在又没车子,停什么停!小孙子委屈而又无奈地跟着奶奶走了。那神情写满孩子稚嫩的脸，也深深地烙在我的脑海，至今挥之不去。当时不知怎的，一阵说不清道不明的滋味涌上心头，怅然若失。我想那孩子一定很困惑，到底是听老师的还是听奶奶的呢？听老师的吧，在奶奶这儿碰壁；听奶奶的吧，在老师那儿又不对。何去何从？谁来给孩子指明方向？想着想着，我也有些困惑了。

都说文明要从娃娃抓起，可娃娃文明了，大人也能跟着文明么？这个答案当然是不确定的。相反，大人要是文明了，孩子肯定会受到熏陶。就像那个父亲对儿子的影响，一定是潜移默化的，润物无声的。

红灯停，绿灯行，是行为规范，是自我约束。人人都遵从了，才能发挥作用，体现价值。否则，形同虚设。设想一下：行人看到没车子，红灯就照过；车子看到没行人，红灯就照闯；或是绿灯时该走的不走，堵在路上，那么道路就会乱成一锅粥，无法通畅！可事实上，又有多少人能够自觉做到红灯就停，绿灯才行呢？

红灯停，绿灯行，这个最基本最常见的交通规则，却蕴含着不变的人生哲理。在漫漫的历史长河中，人生其实就是一段旅程，沿途的红灯和绿灯不在少数，什么时候该停，什么时候该行，全凭自己掌握。想要顺利通行，我们既不能违规，又要一往直前。那么就请记住：红灯不能闯，绿灯方可行。

朋友，一起来吧，遵守规则，自我约束，让人生成为一次快乐的旅行！

（写于2011年秋）

"斑马线"现象小感

老师在教授孩子交通安全知识时说，红灯停，绿灯行，走路靠右边，横穿马路要走斑马线……孩子们一句句谨记在心，可是当他们拿着老师给的"安全法宝"从斑马线上横穿马路时，却常常被惊得魂飞魄散。于是孩子产生了疑惑：走斑马线到底安不安全？面对孩子们的疑惑，老师一脸无奈，不知如何回答。

是啊，"走斑马线到底安不安全？"这个问题确实很难回答。就问题本身而言，标准答案应该是：安全。然而标准答案的前提是大家都遵守交通规则。当其中一部分人，尤其是规则的约束方驾驶员朋友们忽视这个规则时，标准答案的前提自然就丧失，也就很难说过斑马线安全还是不安全。所以我认为斑马线到底能不能成为行人过马路的安全线？答案就只有司机朋友们才能给了。他们重视斑马线的存在，谦让了，行人就安全，相反行人只会感到惶恐。事实上，不少司机朋友对斑马线是不敏感的，他们似乎没有斑马线的概念，不仅丝毫不减速，当发现有行人时他们还长鸣汽笛，将行人逼退，然后呼啸而去。杭州警方为解决行人安全过马路问题，特制谦让牌，让行人过马路时举起牌子，提醒驾驶员减速。实际效果如何呢？我们来看看媒体报道的两种现象：当警察在场维持秩序时，谦让牌一举起，车辆就会自觉减速，甚至停下让行人先行，而警察不在现场时，无论行人如何举谦让牌，车辆不但不减速，反而是"任我行"，许多行人手都举酸了，也没有车子让路，最终只得在穿梭的车流中仓皇奔波。斑马线是明文规定的人行横道线，本应是行人过马路的安全线，而行人走在上面却诚惶诚恐，没有丝毫安全感。这是为什么？不得不叫人反思。这种现象说到底就是我们的社会缺少维护规则的人，缺少谦让。这种现象我暂且称之为"斑马线"现象。

　　行人于车辆而言是弱势群体，弱势群体就应该受到保护。这种保护不仅来自于国家的法律法规，来自于交警的管理，关键还在于广大司机朋友能否遵守规则，能否多想想斑马线，多给行人一些谦让。这种"斑马线"现象在社会上并非是个别，公交车上少不让老，壮不让弱，银行排队时你推我搡，上电梯时一哄而上……都是这一现象的鲜活例证。

　　我们中华民族是礼仪之邦，谦虚礼让、尊老爱幼、扶弱救残乃传统美德。我们不仅要继承，更应发扬光大。当代社会是充满竞争的社会，人人脚步匆匆，个个忙忙碌碌，但是无论如何，我们都不能丢弃优秀的传统。只要人人都遵守规则，人人都多想想生活中的"斑马线"，多一点谦让，社会就能多一分和谐。

（写于2009年秋）

感动似泉

一眼泉能给沙漠带来一片绿洲。一种感动能够让人受益一生。而来自陌生朋友的感动，足足可以催生十眼乃至百眼生命的泉！

我有一个朋友，一个很陌生的朋友，陌生是因为只有一面之缘。但在心里我认定他是我的朋友，确切地说，应该是益友。他是《天长日报》的一位编辑。一个偶然的机会，他和同事来我当时供职的报社学习交流。我参加了接待远方客人的工作。席间，我提起天长有一位从教的大学同学，毕业后至今未联系上。那位编辑一听便极为热心地表示，他曾在教育局工作过，可以帮我查一查。我高兴坏了，立即写出同学的名字。由于没有准备，只得借用饭店的菜单纸。我有些不好意思，感觉这样太不慎重了，也缺乏对别人应有的尊重。他笑说，没关系，只要能写出名字就行。相互留下联系电话后，他和同事们匆匆乘车前往省城。

接下来的一个月里，我几乎忘了这件事，直到有一天，我手机收件箱里跳出一条来自"汪启湖"的信息。"汪启湖"？我的大脑放电影似的迅速搜索一遍朋友录——是那个《天长日报》的编辑！

他在短信里很谦恭地又作了一番自我介绍，并告知我打听到的同学的手机号码。读着短信，我惊喜地失声大叫：太好了！那一刻，我的心情就像小时候在塘灰堆里发现了一枚五分钱硬币！激动和欣喜奔涌心头。我颤抖着手拨打同学的电话，可电话那头传来的不是久违的、熟悉的声音，而是十分陌生的。我说出同学的姓名，对方的反应很生涩。我急了，立即给汪编辑回信。汪编辑一边安慰我，一边满口答应：再核实核实。那口气，仿佛欠了我很大的人情。很快，他就发来信息说，你的同学马上就会和你通话了。果然，约30秒后，我的手机响了，听筒里传来夹杂着普通话音的天长话。啊！是我老同学，是我11年未见的老同学！我们彼此问候着学习、工作和生活情况，打听着其他同学的信息，不知不觉中，时间悄悄地从嘴边溜走，挂断电话时，才发现，我们已经聊了半个多小时。

从故人"相逢"的喜悦中回过神来，我才猛然意识到，应该向汪编辑表示感谢。感激和欣喜之情抑制不住地从指尖流出，编入了短信。我诚邀汪编辑有时间一定来合肥玩。听说我和失散已久的同学联系上了，汪编辑深感欣慰。但面对我的感谢和诚邀，他只是淡淡地说，不客气，举手之劳嘛。其实我知道，这绝不是举手之劳，他应该是费了很多时间和精力的。因为我的同学已经退出教坛五六年了，而且举家远迁东北，手机号码也几番更迭。汪编辑完全可以因其中的任何一个变更而婉拒我，或者根本就不需要给我任何理由。毕竟，我们只是一面之交。然而他没有这样做，而是历时一个多月，费尽周折打听。我可以想象得出他是怎样不辞辛劳，多方托人的。由此可见他为人的真诚和热心。此所谓古人云：一诺千金；一言既出，驷马难追！这种至真至纯的诚实，至理至上的信用，怎能不让人感动呢！

写到这，脸不禁有些发烧，以前在采访过程中，常答应给人家邮送新闻照片、通报稿件刊登日期等。可是由于工作繁忙等事由，不少曾经的承诺打了水漂。漂了就漂了，对方没再追问，我心依旧坦然。这回，面对汪编辑的践诺之举，我真的脸红了，无法再坦然。

其实，感动在人的心里就像一眼沙漠里的泉，每天都有水涌出，就能够浇灌出美丽的绿洲，而绿洲又能固沙蓄水，为泉补充水源；如果没有泉水流动，那么绿洲就会退化成沙漠。自然的沙漠化令人担忧，人心的沙漠化更令人恐怖。

我们需要有开启心灵泉眼的力量！感动就是这样一种力量——能够让人情为所感、心为所动的力量！它或许只是一句话，一个动作，一种思维，抑或是一种行为方式。而这就是一眼泉，并非喷涌而出，只需泉水叮咚，以涓涓细流润万物于无声。

朋友，学会感动吧，让心中的泉永不枯竭！

（写于2008年夏）

惰　性

前几日，和一位老朋友闲聊。她说，读了你在报纸上的专栏，很有感触，你这么忙，还能坚持写作，真值得学习。我苦笑说，其实是被逼的，写的东西已一篇不如一篇了。最近老是有黔驴技穷之感，甚至怀疑自己思维停滞，思考的源泉枯竭，一度想弃笔从闲。听了我的话，朋友无语，盯了我半晌后，煞有介事地说，你可能是生病了。我惊愕：她什么时候学医了，何出此言？她没在意我的惊愕，悠然接着道：不是身体的病，是思想上的病——惰性病，我也有的。我更惊愕了，她居然一眼就看到了我的痛处，一下就揭开了我自己都不愿揭开的伤疤！

很多时候，我倦怠了，想偃旗息鼓了，就以工作忙，没时间，事务多，静不下心思考等托辞，为自己解脱，从不愿面对"惰性"两个字。如此，我竟也能释然。想来，脸不禁有些发烧，我真的是患了惰性病了！为何不敢面对呢？惰性并不可怕，每个人或多或少都有。可怕的是掩盖惰性，为惰性找理由，任惰性发展，自己却求得心安。

有位老友,她的文章写得很好,早些时候,就在省内报纸、杂志上刊登过,还受到名家的表扬说文风酷似三毛。可是近八九年来很少见到她的文章。一日,街上偶遇,问及原因,她说工作、家庭上凡此等等的事很多,几欲忙得神经错乱,无心写,也无暇写。那么优秀的一支笔停了,我不禁有些惋惜。"其实,今后还打算重拾笔墨的,现在总觉得积累不够,到40岁以后再写吧,可能会好些。"她尴尬地解释着。可是曾经听到她说到30岁以后再写的,那时她二十几岁。十年复十年,一生能有几个十年?我突然觉得有些恐慌,我不也正是这样想的吗?总觉得自己上班很忙,没时间写,竟动过就此搁笔,待到退休后再写的念头。每个年龄段应该都有那个阶段的事情,如果就此推下去,可能要等到了天堂才有时间写了!不敢再想,越想越觉着可怕。记得有位作家说过,出名要趁早。早立志,早努力,才会早收获。虽然普通人出名的可能性不大,但对我们这些文学爱好者来说,如果不趁早写,那点仅有的对文学的爱好,也可能被时间的长河淹没。

谈到现在没有时间思考时,一位尊敬的兄长给了我很好的榜样。他应酬再多,每晚都坚持到书房花两个小时看书或写作。长此以往,这已经成了他生活不可或缺的一部分。要是一天不做,就不自在。即使出门在外,他也不忘揣上一本书,且一边观光,一边思考,每次总能产生脍炙人口的佳作。这些,我能做得到吗?我想,不是不能,而是根本没有去做,或是不情愿认真去做!不能怨别的,这全是惰性在作祟。有句话叫"勤能补拙"。即使智慧一般的人,只要勤读、善思、勤写,也会生发出好文章。而神童仲永尽管智力超群,文采飞扬,整日凭借这点"特技",到处表演,荒于读写,不学不练,最终变成了庸人一个。

面对眼前闲聊的这位老朋友,我还有一点汗颜之处。就是,她腿脚不便,且生意耗去她整个白天的时间,晚上到家,伏案写作时，老公居然把她的手稿撕掉。如此恶劣的环境，她还偷着、躲着坚持写作十几年！我不敢想象，她有怎样的毅力去坚持？有怎样的激情去热爱？谈话间，她还自我批评说现在惰性大了，写不出东西了。这种自我批评需要莫大的勇气，更是对自我的一种警醒，一种奋进的动力。而我却即将失去这种动力！

惰性犹如花叶上的小虫，如果不治，它就会迅速繁衍，吞食整株鲜花。突然间，我觉得有无数惰性的小虫在噬咬我的心脑，怎么办？等着它们把我吞掉吗？不！该是我动手消灭它们的时候了！

（写于2006年冬）

一块生肉

前些天乡下来人，说村里发生了一件新鲜事：一个婆婆在老伴去世后便在三个儿子家轮流过，由于只给吃饭，不给吃菜，而且食不果腹，老人苦得不行，竟然在夜里偷吃了砧板上的一块生肉。第二天，又遭媳妇在村前村后大声数落。听到这事，我心头掠过一阵难以名状的刺痛。

曾听老人说饥荒年代面对饥肠辘辘的孩子，有位母亲从自己身上割下肉来度孩子活命。今天生活好了，老年人有儿有媳，有子有孙，市场上有鱼有肉，农家中有鸡有鸭，老母亲却只能偷吃生肉！如果不是亲耳所闻，我不会相信这是真的。虽然这仅是个别现象，但近几年来子女不赡养老人，老人状告子女不尽孝道的案例却屡见不鲜。不久前，报载北京市海淀区开展的一项调查显示：有多个子女却相互推诿不赡养老人的侵权案件占到同类案件的83.5%，其中子女三人以上的占75%，不孝子女中儿子为大多数，竟占到80%。这些数字不仅令老人们心寒，更让有社会良知的人们感到心情压抑。

有人说，并非儿子不孝，而是媳妇不依不饶。乍听此话似有道理，媳妇或许是个因素，但细想来，儿子孝不孝岂是媳妇所能左右的？如果儿子头顶一个"孝"字，多给老人一点关爱，就不会让老母亲吃生肉；如果儿子怀揣一颗孝心，多替老人想想，就不会让父母像皮球一样被踢来踢去，甚至面对满堂儿女出现"三个和尚"没水吃的尴尬局面。

　　记得有一次我到合肥办事，亲眼所见一位白发苍苍的老人上公交车后好久没人让座，驾驶员大声请坐在"老弱病孕"专座上的乘客让位，一连说了好几遍，坐在这几个位子上的年轻人始终没有一个人站起来，并且都面无异色地静坐着。车子突然启动了，同样站着的我，身子猛地往前一冲，险些摔倒。我下意识地瞥了一眼那位老人，他的身子猛烈地左摇右晃，趔趄着就快支撑不住了，我真想过去扶他一把，可我自己都站立不稳啊！此时我看到坐在"专座"上的那几个人，面色还那么坦然。这种情景让我颇有感触，不禁想起了曾经在公交车上见到的另一幕：满头白发的爷爷奶奶上车后，把仅有的一个空位留给了年幼的孙子……尊老爱幼是中华民族的传统美德。"老吾老，以及人之老；幼吾幼，以及人之幼"。爱幼我们基本做到了，尊老做得如何呢？不用说，从上面的文字里即可窥见一斑了。如今我又亲耳所闻了老母亲被逼吃生肉的事，对于公交车上不肯让座的那一幕，我也就不再觉得匪夷所思了。当一些人对自己的父母都漠不关心的时候，要求他们去尊敬别的老人，这听来简直就成了一个笑话！

　　生活在今天科技发达、物质丰富的年代，我们是幸福的。而有些人为自己能生在幸福年代暗自庆幸时，却忘了生他养他的双亲，甚至视他们为累赘！这在"礼仪之邦"的中国是极不相称的。我国自古以孝为荣，以不孝为耻。一直就有"百行孝为先"的说法，不孝则被列入"十恶"之中。历代君王，贵为天子，虽在万万人之上，到后宫见了母亲还要屈膝跪拜；名将岳飞虽号令千军万马，却谨遵"精忠报国"的母训，为国捐躯。此类尊母行孝的故事在古代不胜枚举，在当代也不乏典范。可有些人呢？别说跪拜，别说捐躯，就连喊一声"爹娘"都冷若冰霜！

民间有句俗话"上为下是真心"，可怜天下父母心啊，父母对子女的一片真心是毋庸置疑的。那么子女对父母的孝心呢，可曾及其十分之一？有多少父母饱含浑浊老泪与子女对簿公堂，又有多少父母宁愿在外流浪，也不愿把子女告上法庭！而那位吞食生肉的母亲，同时吞下了多少苦涩与酸楚，儿女们可知道？一块生肉是什么味道？我们不曾尝过，但我们却都曾尝过母亲那甘甜的乳汁啊！在父母的精心抚育和呵护下，我们成长、成人并成家，而面对苍老的双亲，我们有多少人能回想起他们曾给予的殷殷关爱？

人生最长不过百余年，身为子女，切莫等到失去双亲后才空叹"子欲养而亲不待"，更不要等到自己年老时才察觉老人更需要爱的阳光！

（写于2006年3月）

农妇的期待

路边的一片空地上，有位看上去约40岁的妇人在整理坚硬的建筑渣土，她用力敲碎土块，打成小凼，旁边还放着一捆翠嫩的菜秧。看样子，她是准备在这儿种点菜。这里原来是附近住户随意堆放垃圾的地方，天稍热一点，上下班经过，总能闻到一股刺鼻的异味。我没有留意垃圾何时被运走了，上面还插着一块写有"严禁倒垃圾"的木牌。这是县城文明创建的成果。妇人抓住了这次机会，让成果扩大了。因为种上菜，人们就不能在上面随意倒垃圾了。当然她可能并未想到这些。

第二天路过时，果然看到那片地上栽满了叫不出名字的菜秧。此后，经常见到妇人在上面浇水。一些天过去了，菜秧死了不少，变得稀稀寥寥——这片地实在是太过贫瘠了，连根草都长不出来！我担心妇人的劳动会无果而终，毕竟在我看来收获的希望是渺茫的。然而，妇人没有灰心，又弄来一些菜秧补上。一个多月过去了，那片地竟变得葱郁起来，茄子、毛豆、辣椒等菜秧，个个出落得俏模俏样的，在风中摇曳。我开始怀疑自己的判断了。又过些天，有的菜秧已经挂果。可是果实一直都很小——小得出奇，以至我断定它们是没有实用性的。妇人大概会后悔的吧，付出了那么多劳动，期待了那么久，收获的却是不值一提的无用之果。我忍不住在心里这么揣测着，莫名地还想证实这种揣测。

终于在下班时我又见到了妇人站在菜地边，但出乎意料的是，她双手抚摸着瘦小的果实，脸上露出了欣慰的笑容，就如同在抚摸自己的孩子。我有些失落，当然更多的是诧异，她本应该是懊悔的啊？掩饰不住好奇，我走过去试探道：这片地太瘦啦，它几乎让你的劳动白费了。妇人偏过头笑答：已经很好了，我原以为菜秧都长不大的，想不到还结了果子。看着妇人沉静在喜悦中的幸福样儿，我忽然想起了这样一句话"成功是得到你所热爱的，幸福是热爱你所得到的"。无疑这位妇人是幸福的，她没有苛求得到太多；显然她也是成功的，因为她让贫瘠的土地长出了庄稼。谈话中，我了解到妇人的家住在偏远的农村，种有二十多亩地，两年前来县城租房子照料读中学的两个孩子，一个高一，另一个初三，学习成绩都还好，农忙时，她还要赶回去打突击。"家里种了那么多地，难道不嫌累得慌吗，还来这儿侍弄这片不毛之地？"我很纳闷妇人的超常之举。她似乎觉察到了一点什么，憨笑着说，在家种地种惯了，见着有空地，就想在上面栽点什么，家里的二十多亩地有六七亩都是开荒开山来的，开荒地一般头两年收成都不好，但只要勤施肥、常浇灌，慢慢就变成良田了……

听着妇人如数家珍似的告白，我忽然间似乎明白了什么，俗话说，人勤地不懒。明年，这片地上，她一定会获得丰收的。

(写于2006年仲春)

谁在拍我的肩

　　静下来的时候，我喜欢想一个问题：谁在拍我的肩？父母，老师，兄长，爱人，朋友……很多很多，他们都是关心我，爱我，或是我关心，我爱的人。

　　生活在社会当中，我们不免有苦恼、悲伤，甚至悲观、绝望，但同时又总能享受到来自别人的关心、爱护、理解、支持和信任，而且很多都是在不经意间。记得读高中的时候，有一次考试，我的成绩下滑了8个名次，知道结果时，我一堂课都低着头，生怕班主任老师当面批评我，临下课时，老师果然向我走来，我既紧张又羞愧，当老师停在我身旁时，我觉得空气几乎凝滞了。然而，她没有给我批评，只是用手拍拍我的肩说，没关系的，一次不能代表永远，继续努力，会好的。顿时，紧张的气氛如冰雪消融，一股暖流从肩部传遍全身，这股暖流汇聚成无形的力量，激励我奋发前行。多少回，当我遇到失败、挫折，准备偃旗息鼓时，我总会蓦然觉得老师又在拍我的肩……

　　刚刚20岁的时候，我经历了有生以来最大的不幸，一只眼睛患了恶疾，住进了省内一家医院。手术前，医生告知了手术可能出现的种种后果，包括失明，而且失明必然影响另一只眼的视力。我怕了，当时就泣不成声。等待手术的日子异常漫长。不动手术就快失明，动手术也可能失明，而且得花一大笔钱，是手术？还是不？复杂的思想斗争，痛苦地折磨着我尚不成熟的心灵，恐惧和无助让我感到绝望，我几乎想到如果失明，那就一死了之。正当我万念俱灰时，我的哥哥——我最信任的兄长，从上海风尘仆仆赶回来安慰我。见到他，我就哭着说要转院，坚持要找一家保证不会出现失明后果的医院，否则，我不动手术。哥哥和我促膝长谈了一个下午，鼓励我相信医学，相信医院，相信医生。最后他拍拍我的双肩，郑重地说，人最大的敌人是自己，只要不被自己吓倒，一切问题都会迎刃而解，哥相信手术会成功的！说话时，他还对我做了个"V"字的手势。回想着哥哥的话，我感受到他厚实而有力的双手始终在给我注入信心和勇气。之后的几天，我不再悲伤，一直在期待成功中平静地等待手术的到来。手术果然如哥哥所料成功了！医生说我良好的术前状态，为手术提供了最佳时机。我想即使当时手术不成功，我也会选择坚强地面对，因为我已经具备了战胜自己的勇气。

"能有人拍肩是件幸福的事情"，我的一位朋友说。她是和母亲相依为命的，一年前母亲去了外省的老家后，她便蜗居斗室，不愿出门，生怕别人都不理她。我鼓励她走出来，勇敢地和人交往。终于有一日，她突然出现在我眼前，笑靥如花，眼里一扫往日的忧伤。我正诧异她的巨变，她却急不可耐地说，在路上遇到了一位久违的老同学，同学竟然一眼认出了她，奔过来，激动地猛拍她的双肩，她当时感动得几乎要哭了。因为她从不曾想过在街上会有人如此熟悉而亲切地拍她的肩，那一刻，她感觉到还没有被世界遗忘，她很开心……

老师拍肩是鼓励，兄长拍肩是安慰，朋友拍肩是问候，还有更多更多……人在脆弱的时候，有谁在拍肩，给予的就是一份鼓励，一份安慰，一份信任。很多时候，我们需要这样的安慰、鼓励和信任。

人世间有许多种情谊，亲情、爱情、友情、师生情……或许我们不可能都拥有，但只要我们不封闭自我，勇敢地面对生活，总会有人在关心、爱护、理解、支持着我们。我相信，只要打开心灵的窗，融入这个世界，不经意间，总会有谁在拍我们的肩！

（写于2006年夏）

小　黑

　　一个凉风习习的黄昏，从夫君的老家传来一个坏消息：小黑把人咬了。这个消息显然与清凉的黄昏时刻极不相称。婆婆叹息着拉了拉衣角，说要回去赔不是，还要带人家去打针。小黑通晓人性，可爱得很，怎么会咬人呢？我有些将信将疑。婆婆又叹息：谁说不是呢？咬的还是家门口人。

　　记忆中，小黑对我一直很友善。虽然这次闯了祸，我还是改变不了对它的良好印象。它是婆婆家老一代看家狗"花花"的儿子。我和夫君上班忙，不常回去。一岁多以前的小黑几乎没见过我们。偶尔回去一趟，小黑就像得了大奖似的，开心得上蹿下跳，还伸出前爪往我和夫君的身上扒。第一次见到小黑，我被它的热情吓了一大跳。那天，刚从大路拐下，转入婆婆家那幢房子的入口时，忽地从前方窜出一条小黑狗。它的两只前爪抱住我的腿，又是摇头又是摆尾。我被这突如其来的迎接礼仪吓得连连后退，不停地用手中的包驱赶它，夫君也厉声呵斥。可它又绕到身后扒我的腰背。我失声尖叫起来。婆婆迎出来大喝：小狗，回去！得到指令，小黑不再绕着我转。但兴奋和欢愉丝毫没有减退，在前方蹦着跳着，一直把我们朝家里引。夫君打趣说小黑是见到我这个贵宾才这么兴奋的。我苦笑，哪里是什么贵宾啊？相反，由于不常回来，应该是小黑狂吠不止的陌生人才对。没想到，第一次见到我，它竟如此友善。莫非聪明的小黑，一眼就看出我也是家里人呢？！

小黑的友好热情给我留下了非常好的第一印象，甚至让我20多年来对狗的惶恐情绪有了根本性的转变。记得，我小时候，家里一直养猫，从不养狗。对于狗，我总觉得过于凶猛，还有些不通人情。那时，村口小店家的那只"大黄"，每次见到我去买东西都张开血盆大口"狂轰滥炸"一番。害得我远远地杵在墙根呼救，身子瑟瑟地似在筛糠。每每要店主王老爹出来护着，才敢走进店去。由此，我偏执地认为狗可恨得很，眼钝，且不识理。心想一年去买东西几十趟，它居然还不认得我，何况我是做它家主人的生意！

自打见到小黑后，我对狗有了全新的认识：原来它们也是这么聪明伶俐，富有灵性的。

吃饭的时候，小黑对我这个家里的新成员似乎稔熟如老主人，在我腿旁蹭来蹭去。我烦它过于亲热，怕它弄脏了我的裤子，生气地用脚踢它。它却没什么反应，依然乐在其中。我不堪其扰，只好端碗离开桌子。夫君忍不住揶揄地说我有亲和力。说实在的，这样的亲和力，我倒是希望越少越好的。并不是反感小黑，而是不想被如此烦扰。

我们走时，小黑冲在前面"开道"。一直把我们送到大路转弯的地方，离村子已有一里多远，小黑才停下。它站到一个高坡上目送着我们离去。秋风中，它那茕茕孑立的样子，竟让我心里涌上了些许湿热的感动。

几个月后，我又一次回去。小黑一如往常兴奋不已，在堂屋奔跑着打转转。或许是察觉到我不喜欢它在我身上扒来扒去，所以变换了欢迎的方式。正在小黑开心得不知所措时,门口走来村里的一位长辈,他以前经常来串门。我正欲打个招呼,小黑却先于我一个箭步冲了出去,张开大口对着他"汪汪"大叫。我原以为这是小黑兴奋至极的一种特殊表达方式,是对激动情绪的一种宣泄。然而它的样子越来越凶,直逼得那人退到了8米外的菜地。见此情形,我大喝一声:小狗,回来!此言一出,小黑还真的头一甩,一溜烟钻进了家,讨好似的用前爪挠挠我的脚。我惊喜小黑这么给面子,第一次就对我付出了崇高而伟大的信任和服从。那位长辈来到家中后,小黑乖得很,再没张狂。

听婆婆说小黑对村里人虽不和善,但眼熟的,它只是叫叫而已,从来不咬的。这次怎么会破例呢?后来才了解到:原来那个人自认为是熟人,没有在乎小黑的"警告",一边径直往婆婆家里走,一边拿根树枝轰它。小黑可能以为他要"图谋不轨",也不管什么熟人不熟人了,张开大口就咬。

然而奇怪的是:家里人再打它、踢它,小黑也不会发飙。甚至经常没有好的吃,它依然那么忠诚,看家护院,尽职尽责。

(写于2006年10月)

窗外又见玉兰花

窗外，那株白玉兰在乍暖还寒的春风中悄悄地萌发了。孕育了数十天的花苞，慢慢褪去褐色的外衣，露出雅白的花体。不消几日，花瓣便纷纷打开，满树枝枝戴玉，杈杈披雪，通体散发出淡淡清香，并非扑面而来，熏人欲醉，而是柔柔地缭绕在身边，渐渐地沁人心脾……

不知何时，在初春时节，守候窗外玉兰花的到来，已成为我和春天的无言约定。早先我从未留意过院落里的那株白玉兰，直到有一年，办公室搬迁。那株白玉兰正好生长在我办公室窗外的一隅，贴近窗子才能把她的主干和伸过来的枝杈尽收眼底。搬来的第一年春天，大概在三月中旬的一天早晨，走到窗前蓦然发现窗外一棵约6米高的树上开满了白花，每一朵都顶立枝头，宛若一盏盏白玉雕制的小灯，玲珑剔透，惹人喜爱。我惊诧于大自然的灵巧诡异，更惊诧为何一夜之间就千枝万枝玉花开？

守候玉兰花开的日子，渐渐发现她是那样的温婉从容，当褐色外衣包裹的花骨朵由枝头生出时，没有人会注意她，就这样沉寂数月,直到慢慢褪掉外衣,悄无声息地吐露出洁白的花芽,绽放清丽脱俗的白花,人们才赫然发现她的存在。即便如此,她的淡雅恬然,远不像紫薇、丁香、玫瑰、海棠那般艳丽夺目,香气扑鼻。白玉兰花就是这样不求姹紫嫣红,唯求从容沉静。

和风徐来,窗外盛开的玉兰花在枝头欢快地随风摇曳,恰似满树白鸽振翅欲飞,却又难舍对树的爱恋。白玉兰有"秀姿优美的树"之称。几年前到上海,就听说"市花"白玉兰非常美。那时已过了花开时节,没能和鲜花作伴,只好在路边找一盏白玉兰路灯合影。那张照片我一直珍藏至今。当时,看到白玉兰花灯直立向上的造型,以为是人为加工的。后来,亲眼所见真花,才不得不慨叹她花型的奇特,朵朵立于梢尖,个个张臂向上,不屈不妖。让人在留恋她的冰肌玉骨时,更赞赏她奋发向上的品质。

曾在书里读过:白玉兰花瓣可以食用,炸食,尤为清甜可口。而白玉兰花一个"玉"字惹人怜,又让人敬。面对她的精致、纯洁、恬静、淡雅,谁又忍心去吃呢?大诗人屈原也只是"朝饮木兰之坠露兮,夕餐秋菊之落英",不愿轻易伤及一个"玉"字完美的意蕴。

白玉兰是著名的早春花木,当许多树还没返青,花尚未萌发时,她已是玉花满枝头。而当其他花木,你追我赶地竞相展示绚烂春光时,她却无意争春,静静地舒展枝叶,任由翠绿的叶幕遮挡住曾经的繁华。我想,无论什么花儿在她这种谦逊、内敛的气度面前,一定是黯然失色的。

窗外,春日的暖阳洒满白玉兰花的纤纤枝条,白玉兰喜悦地打开花瓣,尽情倾吐她的馨香。闻着花香,我不觉醉了。

(写于2007年春)

夜市卖书人

晚饭后喜欢出去走走。初冬的夜晚马路上虽不繁华，但也不显萧条，总有三三两两的人或行色匆匆，或悠闲漫步。

我不紧不慢地走着，目光游离在身旁的楼房、路边的树木、奔驰的车辆之间。这些稔熟得犹如自家兄弟的景致都在眼前一晃而过，唯有前方不远处路灯下的一个书摊，吸引住了我的眼球。夜市书摊！这可是夏夜才有的景致，怎么会出现在冬季？我疑惑地眨了眨眼。没错的，一张油布毡子上整齐地摆满书籍！我兴奋地加快了脚步。要知道，我是特喜欢逛夜市书摊的。这里种类齐全，价格低廉，而且所有的书一览无余地摆开，任你挑选，那种随心所欲挑选的惬意直让人流连忘返。有的书虽然旧点，其内在价值却丝毫无损。偶尔有幸还能拜读他人的注解。这是一种无声的思想交流，就仿佛在和一位素未谋面的老朋友聊天，能凭空生出此处无声胜有声的感觉，是很好的享受。

一路想着，不觉已到书摊跟前。这才发现有一个瘦小的中年男人蹲在旁边，手捧一本书仔细读着。我想他大概就是卖书人吧。我拿起一本当月的《读者》问："多少钱？"那人没有回答，想必是没听到。我提高了嗓门又问一遍。男人忽地抬起头，从厚厚的眼镜片后面翻出一双布满红丝的眼睛，唐突地看着我。看样子，显然是被我吓了一跳。"看什么书呢？这么入迷。"为了缓和气氛，我笑着问道。男人摸摸头，不好意思地"嘿嘿"笑着。用手指指我拿的书说："两块钱，要吗？""两本三块钱行不行？"我又拿起一本上个月的《读者》讨价还价。砍价是女人的天分，我当然也毫不例外地会灵活运用。"大姐，三块不能卖，我有成本管着呢。要不，三块五吧。"男人不急不躁地做出了让步。我没再说什么，注意力已经放在猜测男人的籍贯上。听口音他是个外地人，为何会在这儿摆书摊？新闻工作的职业习惯，促使我好奇地与他攀谈起来。谈话中，我知道男人是淮北人，几年前过来躲计划生育的，现在老婆在家带两女一男三个孩子，他平日就在这做生意，农忙时回去。说到游击超生时的情景，男人两眼放光，豪迈地说道："再苦再累也不怕，不生儿子不回家！"我听后，忍不住"扑哧"笑起来。男人接着说，现在想想，真有些后悔，为生这一个小子在外面躲了五年，被罚了一万块，现在一回去村里还找谈话。为求耳根清净，他平时都在这边做小生意。男人刚开始做的是收破烂生意，又脏又累，还不来钱。后来他发现卖书是个在经济上、精神上都得实惠的买卖，就改行了。男人自己也很喜欢读书，鼻梁上那副厚厚的眼镜似乎在宣告他的学问。一了解，果然不错，是个高中生呢。因当时家里孩子多供不起学费，他读到高三上半年不得不退学。我说，那你差点就是大学生了。男人眼睛里光亮的东西立即淡去，近乎自语道："'差一点'就差多了，不一样就是不一样啊！大学毕业生是白领，能像我这样租住几平方米的房子，一天两块钱生活费，餐餐就着咸菜啃大馍么？"我极其同情地啧啧嘴，不知说什么好。男人叹息着：唉，养三个孩子可真不容易啊。不过想想又能怨谁呢，还不是咱自个儿思想封建嘛！瞅着男人一脸的无奈，我忽然觉得有凉气从脚底袭来，打了个冷战。时间怕是不早了，翻开手机一看，已经9点钟了，儿子还在家等我呢。我赶紧公式化地应付几句"别着急，慢慢来，日子会好起来"一类的安慰，便匆匆掏出5元钱付账。我知道了男人的境况，便后悔砍了价，就对他说，找一块钱就行了，还价只是一种习惯，其实是不要五毛钱"回扣"的。男人直摆手说："不行，不行，说好了的三块五就是三块五，哪能收四块！"那种毅然决然的神情似一阵厉风，把我骨子里的那点同情连同那一丁点幽默全抛向了茫茫夜空……

是的，他不需要同情，自己选择的路，还是要他自己去走。

我装好书离开时，书摊上没有一个顾客，只有男人矮小单薄的影子陪伴着他自己。离书摊越远，我的心情就越是压抑，不知还有多少朴实的农民兄弟像他这样为生个儿子而四处游奔？最终，他们却很难奔出生活的漩涡。

手里拿着的两本书沉甸甸的，心情也愈加沉重。我深深吐了口气，在心里默默祝福卖书人，祝福如他一样生活着的兄弟们，祝福他们的孩子都能顺利上大学，过上白领生活。

（写于2007年冬）

小龟的葬礼

我家的小龟殁了，在二月中下旬的某一天。小龟是七年前亲戚送给儿子的，乖巧可爱，给我们带来了许多欢乐。虽然它越长越大，我们还是亲切地称之为"小龟"。

小龟的离去，我们是有责任的。春节前我和先生贴好门对后，就匆匆回老家过年了，把小龟孤零零地留下看守。小龟正处在冬眠期，虽没有真正睡眠，但早已封口不食。这期间，小龟不用喂食，不用换水，偶尔放到水里洗个澡，拿出去晒晒太阳就可以了。对我们而言，冬天的小龟是最省心的安全期。没想到，问题就出在这个时期。

婆婆说小龟是渴死的。冬眠期的它虽不进食，因为仍在活动，所以还是需要水的，而我们都忽视了这一点。平时是公公料理小龟，给它喂食、洗澡、换水。它在水缸里待腻了就从里面爬出来，到处溜达，偶尔还爬到我们的脚上赖着不动，像是在撒娇。不知道什么原因，它喜欢到我的卧室转悠。它往里面爬时，只要我们在前面一跺脚，它立即掉头就跑，似乎知道那是禁区。或许是好奇心驱使，小龟总在趁人不备时，快速往卧室里爬。那样子，明摆着是生怕被人发现，惹得我们忍不住地乐。

冬天，它经常钻到某处旮旯里小憩数日。待它又出来时，公公就把它抓到水缸里，让它舒舒服服地洗个澡，再端到阳台上痛痛快快地来个日光浴。它懒散地浮在水面上，偶尔伸伸前爪、蹬蹬后腿，或是缓缓地伸出头，一对绿豆似的小眼睛，这边瞅瞅，那边瞧瞧。一副享受休闲时光的惬意样儿。

听说乌龟在沙子里冬眠较好，今年入冬前，我特地从天鹅湖挖了一袋沙子，用自行车驮回来。许是习惯了冬天休而不眠，小龟不愿意住沙堆里，放进去，就往外跑，仍旧喜欢钻到旮旯里休息几日，没事就出来转悠一下。寒假里，公公婆婆带孩子先行回了老家。自那后，没人把小龟放到水缸里。腊月二十八的晚上和腊月二十九的早晨，小龟曾数次往卫生间里爬，我嫌它碍事，数次用脚把它扒拉开。现在想想，它那时就是在寻找水源。春节假满后回家，发现小龟趴在卫生间的地面上一动不动，才知道出事了。事后，我从网上查阅相关知识，才了解冬眠期的乌龟不能长时间脱离水，否则会干死。它不一定要喝水，但必须得保持身体的湿润。我家这只可怜的小龟，在人为的漠视下干死了！

看着它静静地卧在地面上，像睡着的样子。我用饲养它的玻璃缸装了半缸水，准备把它放进去，希望能起死回生。我蹲下身子去侍弄它时，看到它的双眼瘪了进去，深陷成了两个小洞。很显然，想让它活，只是幻想！我和儿子逐渐接受了这个事实。公公用一个纸箱把它装进去，准备放到楼下垃圾桶里。儿子坚决不同意，坚持要安葬。他说要等到七天后举行安葬礼。我劝慰他还是当日下葬小龟，因为根本不知道哪一天才是第七天，况且天渐渐暖了，不适合安放。儿子同意了，当晚，我们在小区的一棵大树根旁选了一块地，作为小龟的栖身之处。我和儿子用栽花的铁铲，卖力地挖坑。

大约半个小时后，一个三四十厘米深的坑成形了。我们用铁铲一人抬一边，把小龟放进坑里，小龟安静地趴着，就像在熟睡。我们将土一层一层地撒上去，它小小的身体很快被覆盖了。"妈妈，我好想念小龟。"儿子突然沉沉地蹦出一句。我没有应答，只管往坑里填土。儿子也不说话了，帮衬着我填土。坑完全被覆盖了，形成一个小土堆，我上去踩土。儿子问为什么，我说不让空气漏进去，有利于小龟安息。儿子要求自己上去踩，他踩得很认真，像在完成一项作业，每一块松土都被踩得很板实。我抓来一些落叶，撒在小土堆上面，又从挖出来的白色瓷砖碎片里，挑了一块插在土堆上，算是墓碑。儿子从《死了都要爱》的歌词里选了几句作为悼词，小声地念着："发会雪白，土会掩埋，思念不腐坏。"等儿子念完，我示意他站到我的侧后方，跟着我的口令给小龟三鞠躬。礼毕，我和儿子一步三回头地缓缓离开。

我们本打算今年春天放生小龟。它越来越大了，虽然玻璃缸子一换再换，还是安抚不了它。它不愿老老实实待在里面，总是试图往外爬，即使是比它身体大一倍的圆形玻璃缸，也能从里面翻出来。说实在的，这小小的玻璃缸本不该是它待的地方，它是属于大自然的。小龟给我们带来了很多欢乐，我们舍不得把它放了，认为给它好吃好喝，它就很幸福了，直到有一天它拼命从缸里往外爬，才晓得它是多么渴望自由。然而，我们作出给它自由的决定显然是滞后的。

在放生之前，它终究还是回归自然了，只是没想到以这种方式。

（写于2015年春）

万　老

万老，名叫万世生，是一位草根艺术家，八斗镇万宋村人。县里开展的"全民文化月"活动中，我正好负责联系八斗镇，有幸结识了他。

万老家住在离镇政府四五里路的地方，每天要先步行到镇上的集中出发地，再跟车去村里演出。他早上5点起床，洗涮烧煮后，6点钟背起装满道具的"八宝箱"出发，通常是第一个到达集合地点。万老的"八宝箱"有五六十斤重，里面装着乐器、服装、道具、记事本、相册等物件。记事本是记录每天演出事项的，哪天演了什么节目，哪个环节不够精彩，需要改进，他都认认真真地一笔一笔记下。那本相册是他每到一地演出的合影留念，翻开来向我们介绍时，万老一脸的神采飞扬。一张当兵时在部队打快板的照片勾起了他对往事的回忆。为了练就过硬的本领，又不影响战友休息，他经常半夜三更在山洞里练习快板和二胡，整整苦练五年，成了文艺标兵。他的快板还成了所在部队的品牌节目。退伍后，万老琢磨出更具民间特色的艺术形式，自创了乡土味十足的魔术，自学了木偶戏。木偶戏在安徽民间仅淮北和安庆一带的少数艺人还在苦苦坚守，合肥地区近乎绝迹。怀着对民间文艺传承的强烈责任感，万老决心把这门古老的民间艺术学会。为此，他专门到外地学习，回来后，结合社会新风尚，运用合肥方言进行了改编。改编后的木偶戏生动活泼，生活气息浓厚，地方特色鲜明。万老的表演很投入，表情生动，语言诙谐，动作恰到好处，老百姓都爱看。节目刚刚预告，台下的观众就瞪大眼睛，张大嘴巴，盯着台上，随时准备爆笑一场。

"文化月"期间，万老的身影一直活跃在舞台上，一直是最受欢迎的主角之一。乡亲们都亲切地称他"老顽童"。这个名号，源于他对文艺的热爱。在文艺表演中，他是忘我的、快乐的，就像一个天真无邪的孩童。他和文艺似乎有天生的缘分，打小就喜欢听人唱歌、唱戏、喜欢听说大鼓书，一边听，一边看，一边学。从农民到文艺兵，从文艺兵再到农民，他始终难舍这份文艺情缘，坚持冬练三九，夏练三伏。万老的文艺技能不说炉火纯青，也算得上出神入化。他的魔术神奇梦幻；他的二胡凄婉回旋；他的笛子清脆悠扬；他的快板酣畅淋漓；他的木偶戏惟妙惟肖。

魔术"神奇的鸡蛋"，是万老演得最多的一个节目，其中的每一个道具都是他自己研制的。为了练成这个魔术，他摔碎了无数个鸡蛋，受到了家里人无数个白眼。我们通常所看到的魔术均在室内表演，那种明暗交替的灯光和神秘梦幻的配乐，很快就把人带到一种魔幻的氛围中，为表演的成功做了绝好的铺垫。万老的魔术是大白天在众人的眼皮子底下演，要想不露破绽，就得有硬功夫。万老在表演技法上一再改进，并对道具进行了改良，使得表演天衣无缝。在王城集演出那天，有的人特地跑到楼顶上观看，最终也没搞明白，鸡蛋到底是从哪儿变出来的，又缘何变成了烟花？

木偶戏"二鬼摔跤"是万老独门绝活，场场演出必上。戏的内容大致是：男人好赌败家，女人劝赌，夫妇二人吵架，家庭危机四伏，最后男人醒悟，戒赌。万老表演时语言、动作浑然一体，活灵活现，观众掌声不息，笑声不断。记得那天下午，在邵桥村演出时，天公不作美，下起了雨。离万老上场还有两个节目，他已早早地等在台下，把重达40斤的道具（两个连体的木偶像）背在身上，静静地候着。道具沉重，空间狭小，万老就这么弯腰撅背地等在台后，瘦削的身体弯成弓状。我提出让他的节目先上，万老坚持要按顺序来，说不能打乱节目单安排。到万老上场时，雨已经下了不小的工夫，台子上又湿又滑，他小心翼翼地挪上舞台，投入地表演起来。只见他手脚并用（两只手套在道具鞋里，扮成其中一个木偶的脚），把两个木偶耍得上下翻滚，就像夫妻俩真的在打架、在摔跤。台下的人欢声笑语一片，台上的他浑身上下湿透。万老走下台时，我心里很不是滋味，对他说："今天下雨，您可以不演的。"万老乐呵呵地说："节目都安排好了，怎能不演呢！"初春时节，乍暖还寒，他浑身湿透，很容易着凉，我劝他提前走，他执意等整场节目演完再走。我问万老怎么回去，他说有顺道车就搭车，没顺道车就步行回去。不管怎么走，这两个木偶道具得随身带着，这可是自己琢磨出来的宝贝，必须保护好。

那一年，他66岁，两鬓微白。

2017年，全民"文化月"活动进行到了第四届。一如往日，百姓们盼着3月份早早到来。而春姑娘却显得特别慵懒，脚步不如往年匆匆，已是3月中旬，春风还吹得人脸面生疼。真的是应了那句农谚：春风不进屋，门外冻得哭。在万宋村演出这天，气温3度至8度。我冻得手脚发麻，躲到车上，许久不敢出来。透过车窗，我看到扮演耕地老农的万老穿着衬衫，披着雨衣，手里握着"犁"把手，高高地卷起裤脚，光着脚面，在舞台后方一遍遍地练习。此时，即将和他同台演出的人都待在车上，没有丝毫动静。我疑惑地问怎么回事，他们都说离节目开场还有半个小时，不着急。我走过去劝万老到车上避避风。他连声说："不冷，不冷。"又喜气洋洋地指着道具犁对我说："这个是我自己做的。"细一瞅，果然有非凡之处，道具犁下方安装了一只轮子，手一推呼呼地前进，仿若在湿地里犁田。万老推着犁，举起鞭子，作赶牛犁田状，一遍遍反复练习，举手投足都那么韵味十足。那一刻，我分明看到他腿上青筋突起。

这一年，他69岁，头发花白。

舞台上的万老神采奕奕，容光焕发。谁会想到，台上生龙活虎的他，身体并不好，低血压和心脏问题一直是挥之不去的困扰。神奇的是，肉体上的病痛丝毫没有影响万老精神上的追求，得知举办全民"文化月"活动，在城里带孙子的他当即收拾行装，风风火火回到久已无人居住的老宅。四年了，他始终是全民"文化月"舞台上的"腕儿"。只要往台上一站，万老就忘了年龄，忘了病痛，忘了一切烦和忧。

村里人打趣说："万老头啊，不玩麻将，不打牌，一生只把文来爱。"这是大实话，万老从不否认。他自己也说："文艺是我一生至爱，只要演得动，我就一直演下去！"

说这话时，万老脸上露出幸福甜美的笑容，模样如孩童般纯粹、明朗！

（写于2017年春）

发哥发嫂

深秋的凤阳，秋雨绵绵，寒意滋生，心中满满的却都是暖意。这浓浓的暖意源于发哥发嫂。

发哥是我的大学同学，因年龄稍长，故尊称"发哥"。他毕业后一直在中学教书，刚过四十，已是桃李满天下。说起学生，一向低调的发哥，总掩饰不住小小的得意。还记得参观凤阳博物馆的时候，一个小姑娘给我们讲解，面对包括潘小平、许春樵在内的安徽省文学界大家、名家，她不慌不忙，口齿清晰，思路严谨，层次分明，把凤阳的历史，从古至今讲得全面透彻。正感慨之时，特地赶过来陪同的发哥悄悄递上一句：这个解说员是我学生。我惊讶，旋又惊喜。参观结束后，便急于向小姑娘求证。小姑娘莞尔一笑，亲热地叫了一声：张老师好！发哥笑眯眯地应着。还没等我发问，小姑娘就迫不及待地说，感谢张老师教得好，让我对历史产生了浓厚的兴趣。我不禁对发哥竖起了大拇指，提出与师生二人合影留念。

此前的一天晚上，发哥和夫人专门接待了我。今天，又执意来陪同参观，我颇有些过意不去。与我同宿一室的何冰凌老师说，你有这么一个实在、敦厚、重情义的同学，真好！在凤阳开会期间，我和何老师下榻在城郊的大王府农庄。那儿是个建成不久的旅游度假村，规模很大，房屋别致，处处小景，周遭是茫茫四野，人可自由走动，风可自在穿行。不自觉的，猛然打了个寒战，想去买件毛衣。就在此时，发哥来电，要接我去县城转转。尽管我一再声明会务组已作了细致周密的安排，不必外出。发哥还是来了，而且和发嫂一道来了。夫妻二人的诚意令我感动，还热情地让我邀上朋友一起。就这样，一辆小车塞得满满当当，嘻哈着直奔县城。小小的空间里，相互一挤，竟不觉得冷了。不禁想起小时候冬天玩的一种游戏叫"挤油渣"，几个小伙伴靠在向阳的墙根下，紧紧地挨排着，你挤我一下，我挤你一下，一来二去，很快手脚全暖，热气腾腾起来。

发哥发嫂一路兴趣盎然地介绍着凤阳的历史人文景点和接下来的安排，四溢的热情令何老师和我的文友们很快就有见到多年未见的老友之感。他们和夫妇二人热烈地交谈起来，我反倒有些插不上话。车内狭小的空间，没有丝毫局促，飘荡着轻松和谐的气息。不知不觉中，车已经开出10多里地。下车之后，发哥发嫂带领我们穿越老街，直奔鼓楼。鼓楼矗立在凤阳老城区内，默默诉说着这块龙兴之地曾经的辉煌。我们饶有兴趣地在鼓楼广场游览，和正门顶端朱元璋手书的"万事根本"合影。发嫂面带微笑，一直在旁边陪着我们。这个当口发哥已经办理好购票手续，过来引领我们到楼上参观。他特意请了解说员为我们作精细的全程讲解。发哥发嫂虽然来过多次，还是一路陪伴，而且听得那么仔细，那么认真，时不时还给我们作一些补充讲解。

一个多小时参观过后，天色暗沉下来，带我们去别处游览的计划只能搁置。发哥邀我们去吃晚餐，一脸歉疚地连声说这次时间太紧了，要不然还应该去龙兴寺看看，韭山洞也不错的。那窘迫的样子，好像欠了我们好大的一个人情。同行的文友们都说已经很尽兴了，坚持要回去，一再强调会务用餐是现成的，餐后还有当地的文艺表演。发哥发嫂坚决不肯，说早就定好地方了。盛情难却之下，我草草地买了件毛衣，便和文友们随发哥发嫂去了那个"早就定好的地方"。发哥驾车大概行了半个小时，才来到那个"早就定好的地方"。门头上赫然显现火红的三个大字"好灶头"。我们读着、笑着，打趣说来年定会有"好兆头"。我悄声对发哥说，在鼓楼附近找个酒家就可以了，干嘛费事跑这么远？发哥憨憨地一笑，说不费事，虽远些，但格外有特色。一进门果然不一般，前方右侧立着一处草门楼，门框上挂着黄灿灿的玉米，红艳艳的干椒，左侧墙上挂着蓑衣、斗笠，房顶上吊着竹筛子，不是发哥发嫂在前面招呼，还以为误入了农家。

哟，这个真好！随着文友的一声惊呼，我们不约而同地朝楼梯拐角处的墙上看去。只见墙壁上别出心裁地伸出半口铁锅，一共四处，锅里装的不是菜，而是葳蕤的绿植，精神抖擞，枝枝蔓蔓不安分地探头锅外。那些长长的藤蔓，顺墙而下，好似俏皮的小姑娘头上垂下的发辫。走在酒店的深处，一不小心就遇到几个菜坛子散落在墙根，又走几步还有几根木柴靠在墙角，头一抬正好撞见一只鱼篓子，旁边还陪着一只竹筐子。这哪里是酒店嘛，分明是到隐居山野的老友家作客啊！此情此景，仿佛瞬间穿越到了千年以前，大有"故人具鸡黍，邀我至田家"之感。

餐桌上的器具同样引人注目，每个餐位上都摆着一只小小的搪瓷缸，上面写着"学了数理化，走遍天下都不怕"之类的句子，配上相应的图案，不必豪饮，只端起小啜，已然有了七分上世纪六七十年代的味道。筷子更是别样精巧，使用了嫁接之术，大头下端留着圆孔，小头为一次性的，正好能嵌入圆孔中。如此，每用一次只要更换筷子的小头，就可保持清洁，既卫生又环保。真是妙啊！我们都忍不住啧啧称赞。在这样一处别致的地方，未及动筷子，我们已被这一重重惊喜包围。不一会儿，色香味俱佳的菜品便码满了一桌子，发哥一个劲地劝酒，发嫂忙不迭地劝我们吃菜。发哥拿着酒瓶，看谁的杯子空了，就续上；发嫂笑眯眯地看着大家，只要谁停了筷子，就站起来提醒夹菜，言语不多，只说"吃菜、吃菜"，被劝者动了筷子，夹了菜，她才满意地坐下，依然笑眯眯的。

发哥发嫂不愧为天生的一对，都不善言辞，说起话来都轻声细语，脸上也总是挂着憨憨的笑。夫妇二人骨子里的那股朴实和真诚，如春风，似暖阳，令人舒畅，叫人难忘。

（写于2016年冬）

后　记

很长时间以来，对于出一本自己的书，一直是有抵触情绪的。

尽管我看到别人出书，总是心生仰慕，轮到自己时，竟怠惰起来。早在八年前，我文学上的引路人许泽夫先生就鼓励我出一本书。说真的，那会儿总觉得自己的文字太过生涩，文笔太过稚嫩，文思太过浅薄，压根儿就没想过出书的事，所以总是一拖再拖。后来他又说过两次，见我没什么行动，便不再提。就在两年前，又一次因为申报某个材料，翻箱倒柜地找曾发过文章的杂志、报纸复印，才忽地记起了许泽夫先生劝我出书时的话来。他说："出一本书，该有的文章都在书上，省得每次都要费事翻杂志、找报纸复印。"那一刻，又一次体验翻找之苦的我，终于动了出一本书的念头。

可是念头一出，我又犹豫了。近些年，身边出书的人不在少数，然而，能认认真真读书的又有几个呢？就连我自己收到别人的书，也只是图个新鲜，翻开读几页，随后便束之高阁了，其中不乏一些有影响力的知名作家的著作。而我，只是一个名不见经传的文学小辈，出的书又有谁看呢？想着想着，便忐忑起来。哎，这书到底是出还是不出呢？如果出了没人读，又有何意义？我把这个困惑告诉了好友。她哈哈一笑说："你想多了，别说现代大家、名家的书，就是中国古代四大名著，能认真阅读的又有几人？但是该出的书不还是得出嘛！"闻听此言，我不禁咧着嘴，自嘲似的笑了。

说的也是，现在的快餐式阅读，使得无数国人大部分闲暇时间分散给了电脑、手机、iPad等电子产品，谁会在意一个普通人出的一本普通文集呢？可是话说回来，出书原本就是自己的事，不管有没有人看，文章是自己用真情写的，文集是自己用真心编辑的，这就足够了！何况这些年，我惊喜地看到，许多基层的文学爱好者，对文学几近痴迷，在通往文学殿堂的路上苦苦求索，即使前方是深渊、是险峰，他们也无所畏惧，勇往直前，就如同佛教徒在完成一次无比神圣的朝拜！他们主动要求加入文学组织，到文联办公室索取书籍阅读，走时，手里提着一大捆沉重的书，嘴里还连声说着谢谢！每每此时，我都特别感动!书籍到底还是有人喜爱的啊！

常言道：开卷有益。虽然我读书是碎片化的，有时不过只读几篇文章，但每次读都有收获。可能是认识一个新字，可能是学到一个新词，也可能是见识一个表达手法独特的句子，还有可能是悟出一种深刻的道理。总之，每天手头上有书可以翻一翻，哪怕只读了一两页，也比没有书读好。万一有幸碰上"书虫"，笃信"书卷有情似故人，晨昏忧乐每相亲"，岂不是更好？说句到底的话，即便读者寥无几人，在出书的准备过程中，也多少能起一丁点儿作用。就拿校对书稿来说吧，最起码帮你校对的人得认认真真读你的文章，还会就一些词句、甚至标点符号和你探讨。这种探讨的过程，不正是一个知识提升的过程么？所以说，书该出的还是要出！

再说了，出书也不一定非要有人读。那只不过是对自己过去的一个总结罢了。就好比学生读书，读完了某个阶段需要有个毕业考试，考得好也罢，考得差也罢，总得给过去一个总结。在文学创作这个博大精深的大课堂里，我顶多算个小学生。出这本集子，于我而言就是在参加小学毕业考试，不管能不能及格，试得考，答卷得交。复习应考时，再次读着自己写过的文章，才知道还有那么多不尽人意之处。每读一遍，都有一些地方需要修改，因为这不是一次自我欣赏，而是要公布于众。试考得怎么样，由他人去评说。重要的是经过这次考试，能明白自己的不足，能明确将来应该努力的方向。这有助于我更好地走进下一阶段的学习。就此而言，出书不为别的，只为告别过去，迎接未来。于是，我下定决心出了人生中的第一本书。

　　此书的出版，得到了清明杂志社执行主编赵宏兴老师的大力帮助，不仅帮忙联系出版社，还应我这个基层作者之请，亲自作序，在此，致以诚挚的感谢！书的校对工作得到了罗守银老先生和沈光兵、陈晓燕、王春燕等亲朋的鼎力相助，一并表示感谢！

2018年3月23日夜